KB268386

호텔 타셀의 돼지들

호텔 타셀의 돼지들

오은 시집

민음의 시 152

민음사

自序

천둥과 번개

개와 원숭이

까마귀와 배

앙꼬와 찐빵

붕어와 붕어빵

웃음과 울음

눈물과 눈물

홈스와 뤼팽

커피와 담배

金과 숲

사드와 자허마조흐

누벨바그와 트뤼포

알리바바와 알리바이

나와 너는 거의 모든 관계,
아무리 의심해도
섣불리 숨길 수 없었다.

2009년 3월
오와 은

차례

3부 구체적인 밤

1부

말놀이 애드리브

스프링

더블린은 지금
텀블링하기 좋은 날씨
방과 후의 아이들이
봄처럼 튀어 올랐다

해바라기가 고개를 뒤로 젖히고
씨들을 발사하기 시작했다

주근깨를 볼에 심은 아이들이
발끝을 모으고
해를 향해
자신들의 경쾌한 근원을 향해
스프링, 스프링
튀어 오를 때

스카이가 다른 이유를
불가능이란 아무것도 아님을
열심히 일한 자들이 왜 떠나는가를*

방과 후 학습에서
비로소 이해할 때

아이들은
샘물 위에 피어난
마블링처럼 웃으며
고블린보다 신나게
더블린 한복판에서
텀블링, 텀블링

이 모든 도약이 꽈배기 한 입에서 시작되었다

* 미국의 수학자 존 내시(John Nash)는 소련 간첩들이 '이것'을 통해 내통
한다는 망상에 사로잡혀 있었다.

말놀이 애드리브
— 모스크 바에는 빅토르 최가 있다

당신이 슬프고 맥주를 좋아한다면……

모스크 바(bar)에 가자 **모스크 바**에 가면 당대 최고의 가수 빅토르 최를 만날 수 있다 **제네 바**의 가수는 항상 하이디, 그녀는 요들송만 부른다 **바르샤 바**의 술값은 너무 비싸 위스키 한 잔에 **이스탄 불**(dollar)을 내야 한다 이쯤 되면 우리가 **모스크 바**에 가는 것은 당연해진다 **모스크 바**에 가기 위해선 우선 차가 있어야 한다 **카사블랑 카**(car)나 **알래스 카**보다는 니스 칠이 되어 있는 **스리랑 카**를 추천한다 **스리랑 카**를 타고 **오슬 로**(path)를 따라가다 보면 **암스테르 담**(fence)이 나온다 거기서 **이사 벨**(bell)을 누르면 십중팔구 세 명의 **브레 멘**(men)이 나올 것이다 **모나 코**(nose)를 가진 이는 성질이 험하니 피하라 **퀘 백**(bag)을 메고 있는 **골 빈**(empty) 남자는 실권이 없다 남은 남자 하나는 분명 **네 팔**(arms)로 부지런히 **카트 만두**를 집어 먹고 있을 것이다 미리 마련한 **펠로폰네 소스**(sauce)를 만두 위에 골고루 뿌려 주어라 **레바 논**(field)에서 재배한 **예테 보리**(barley) 음료를 줘도 좋다 흥이 난 남자가 **헬싱 키**(key)를 건네주면 이미 반쯤은 성공한 셈이다 **헬싱 키**로 담에 나 있는 작은 문을 열면 **케임 브**

리지(bridge) 너머로 **카이 로**(road)가 보일 것이다 장마 기
간이라 **바 레인**(rain)이나 **나이로 비**(rain)가 내리고 있을지
도 모른다 바닥에 **싱가 포르**말린이 흐르고 있으니 걸어갈
수는 없다 케임 브리지 입구에서 **로 마**(horse)나 **뮌 헨**(hen)
을 빌려 타도록 하자 욕쟁이 할머니 한 분이 **블라디보스 토
크**(talk)쇼를 보며 **말리**지 않은 **홍콩**(red bean)에 **에든 버러**
(butter)를 발라 먹고 있을 것이다 고작 **프놈 펜**(pen) 몇 자
루나 **몬테 비데오**(video) 한 편 가지고 할머니를 꾀긴 힘들
다 할머니가 당신 면전에 정신없이 **미얀마** 같은 **뉴**(new) 욕
을 퍼붓는 **사이**, 판을 벌여라 **베이 징**(gong)을 쳐 대거나 미
친 듯이 **시카 고**(drum)를 두드리란 말이다 놀란 노인네는
필경 군말 없이 그것들을 빌려 줄 것이다 참, **로 마**나 **뮌 헨**
은 잘 **보고** 타야지 그냥 **자카르** 타면 후회하기 십상이다 어
떤 것들은 **부다 페스트**(pest)에 걸려 제대로 달리지 못하기
때문이다 **카이 로**를 반쯤 지날 무렵, **프라 하**(canal) 물을 대
는 **안타나나리 보**(reservoir)가 나올 것이다 커다란 몸집의
팔라 우(cow)나 **바 하마**(hippo)가 **통 가**(song)를 부르며 **알
제리**(jelly)를 씹어 대고 있을지도 모른다 그곳을 순찰하는
오만한 예 멘(men)에게 **수단** 방법 가리지 말고 **카 타르**(tar)

를 사도록 하자 **카 타르**는 거기서 **사** 모아야지 다른 데서
사려면 **카 불**(dollar)이나 **파푸아뉴 기니**(guinea)를 줘야 한
다 이제 **카이 로** 끄트머리에 있는 마지막 동굴만 지나면 된
다 동굴 안으로 빛이 항시 **드니 그리 스릴** 있지는 않다 동
굴 밖 **모스크 바** 앞에는 빅토르 최를 보러 온 **파리** 떼들이
부산을 떨고 있을 것이다 네 순서가 되면 얼굴을 덮은 **피지**
(sebum)를 조금 짜 주거나 말초신경에 있는 **브뤼 셀**(cell)을
제시하라 그것이 오늘 밤 네 아이디다 **모스크** 바에 들어서
면 짙은 담배 연기 사이로 빅토르 최가 얼핏 보일 것이다
노르 웨이터에게 아까 사 둔 **카 타르**를 건네주면 흔쾌히 담
배를 말아 줄 것이다 맥주가 싫다면 **호주**나 **청주**, 온더록스
위스키를 마셔도 좋다 **모스크** 바에서 물건은 어차피 **파나**
마나다 **밀포드 사운드**(sound)를 들려 드리죠 젊은이들의 동
경을 한 몸에 받는 빅토르 최가 말한다 **델리카토**(delicato)
로 연주하겠습니다 힘을 좇는 자들에겐 그저 비아**그라**나
다오 대신 우리에겐 자유를 주오……

식충이들

밥을 먹는다 습기 먹은 김을 먹고, 인분을 먹고 자란 돼지고기 2인분을 먹고, 고기를 구울 때 나는 탄내도 덤으로 먹는다 풀 먹은 옷을 입고 담배를 뻑뻑 먹으며 출근을 한다 동료들에게 빌어먹을 골탕도 먹고 겁을 먹고 찾아간 부장에게 욕도 한 두어 바가지 얻어먹는다 독서 좀 하려 했더니 책 모서리는 개먹어 있고, 코 먹은 소리로 친구에게 전화하지만 전화는 먹통이고 가슴은 먹먹해진다 지금 이 순간, 공주님들은 이슬을 먹고 부잣집 어린이들은 꿈을 먹고 화투판에서는 똥을 먹는 아주머니들도 있겠지 연탄가스를 먹는 이들, 본드를 먹는 이들, 미역국을 먹는 이들, 아무렇지도 않게 꿀꺼덕 검은돈을 먹는 이들도 있을 테지

퇴근 후, 술을 처먹고 아편 대신 육포도 씹어 먹고 좀먹는 속이 걱정되어 보약도 챙겨 먹는다 왕년에는 식은 죽 먹기로 1등을 먹었었는데, 어떤 일이든 척척 거저먹었었는데, 식욕은 왕성해지는데 먹어도 먹어도 떨어지는 게 없다니! 독하게 마음먹고 회사의 공금을 좀 먹어 볼까? 콩밥도 먹고 나이도 먹고 그러다 운 좋게 한자리 해 먹으면 뇌물도 먹고 쓴소리에는 적당히 가는귀도 먹을 수 있을 것이다 그쯤 되면 직원들을 노예처럼 부려 먹고 배우자의 영혼도 야

금야금 갉아먹을 테지

　나는야 벌레 먹은 사과처럼 흉해져서 물먹은 솜처럼 가
라앉다가 자살골을 먹고 스스로 입을 열어 레드카드를 먹
는, 자면서도 어김없이 끊임없이 틀림없이 산소를 먹는, 그
러면서도 항상 배고프다고 소크라테스처럼 투덜거리는

　당신은 예외라고 생각하는가?
　앉은자리에서 손 하나 꿈쩍 않고
　1,397바이트를 소화시킨 무시무시한 당신은

혀

틈만 나면 혀를 쑥 밀어 넣어 공기를 맛보기 위해서야

입 밖으로 나온 혀는 처음으로 질소를 만나게 돼 질소는 어디든 넘쳐 나니까 지구를 거의 독점했지 사람들의 혼을 쏙 빼놓는 것도 이놈이야 밤 10시만 되면 드라마를 보게 하지 이놈 때문에 남자는 여자를 좋아하게 되었어 여자는 밤마다 남자를 그리게 되고 질소에 중독된 사람들은 서른 즈음에 결혼을 하고 아이를 한두 명 낳지 아이는 엄마의 젖을 먹고 차차 질소에 길들여져

아이들은 대개 산소를 닮고 싶어 해 산소가 되기 위해 어릴 적부터 산수를 배우지 산소 같은 여자가 인기 있던 시절도 있었어 산소가 된다는 건 뭔가 특별한 거야 친절한 선생들이 산소를 걸러 내는 역할을 하지 그들은 길러 낸다고 믿고 있지만 말이야 사실 이놈은 혀와 별로 친하지 않아 코와 바로 접선해서 목숨 건 도박을 즐기거든

도박에서 이긴 자들은 이따금 아르곤을 만나기도 해 예민하지 않으면 이놈을 느끼기 어려워 극소수만 아르곤의 존재를 알지 아르곤을 닮은 사람들은 보통 밤에 일어나 질

소 중독자들이 드라마를 보고 막 잠자리에 들 즈음 말이
야 사랑을 불신하는 것도 이들이야 골방에 틀어박혀 거울
만 보며 살기도 하지 우울함을 견딜 수 없어 담벼락에 낙
서를 하기도 해 아무도 해독할 수 없는 글씨로, 나는 네가
아니다!

밤이 되면, 네온이 그 글씨들을 비추기 시작하지 네온에
취한 사람들 때문에 도시는 영영 잠들지 못해 이들은 누구
나 반짝거리며 화려하게 살다 가고 싶어 하지 덕분에 지구
는 만날 정열에 불타올라 어떤 이들은 담벼락을 향해 오줌
을 갈기기도 해 낙서들은 소리 소문 없이 사라져 버려 그
렇게 별 볼일 없는 또 다른 아침이 찾아오고

질소에 길들여진 사람들, 일제히 창문을 열고 산소를 들
이마셔 그곳을 향해 혀를 쑥 밀어 넣어 잠복해 있던 헬륨,
크립톤, 요오드가 혀를 덮쳐 와 이산화탄소와 오존, 크세논
도 살짝 느껴져 사방에서 문들이 열리기 시작해 바야흐로
세상에 구멍이 뚫리는 시간이야 혀가 비명을 질러 대며 그
틈들을 향해 달려가고 있어 이 본능, 아무도 막을 수 없어

이상한 나라의 앨리스

만성소화불량증 환자 앨리스는 오늘 아침 첫 비행기를 타고 파리에 갔습니다. 공항에 내리자마자 사정없이 비가 퍼붓기 시작했습니다. 앨리스는 얼른 택시를 잡아타고 기사에게 아무 데나 가 주세요, 한국어로 말했습니다. 앨리스의 말을 알아들었을까요, 체코인 기사는 한참을 달리다 생판 낯선 곳에 앨리스를 내려 주었습니다. 비가 막 그친 뒤였습니다. 앨리스는 AI POT U란 간판이 걸린 상점에서 닥치는 대로 쇼핑을 하고 두 끼의 밥을 먹은 다음, 약국에 가서 소화제 한 통을 샀습니다. 약사는 중국인이었습니다. E DICIUS 골목의 EG DIRB 카페에 앉아 웨이터에게 미지근한 물을 주문했습니다. 웨이터는 회색 눈을 가진 러시아인이었습니다. 잠시 후 뜨거운 커피가 도착하고 앨리스는 소화제 한 통을 입에 털어 넣었습니다. 삼켜지지 않는 것은 억지로 씹어 먹었습니다. 페르시안 고양이가 옆 테이블 위에서 똥을 누고 있었습니다. 앨리스는 자기가 파리에 와 있다는 게 믿기지 않았습니다. 그저 평소보다 하루 한 끼를 더 먹고 핸드백을 탈탈 털어 코란 한 권과 합성고무로 만든 콘돔, 와이어리스 브래지어를 샀을 뿐인데, 모든 것들이, 심지어는 자신이 살아 있다는 사실조차, 놀랍고도 아주 많이 두려웠습니다. 앨리스는 커피를 다 마시고 두 손 가득 쇼핑백을 든 채 L LEH RO NEV A EH이란 이름의 으리으리한 호텔에 들어갔습니다. 까만 옷을 입은 남자들이 앨리스에게 굽실거렸습니다. 그들 중 한 명이 앨리스의 짐을 방까지 들어다 주었습니다. 남자의 이름은 REGG IDE VARG이었습니다. 손님, 좋은 밤 되세요. 남자가 이란어로 또박또박 공손하게 말했지만, 앨리스는 팁을 주지 않았습니다. 앨리스는 MEI U QER 채널을 틀어 말러 교향곡 9번을 듣고 또 들으며 긴 샤워를 했습니다. 다시 작달비가 쏟아지기 시작했습니다. 소화제를 한 통이나 먹었지만 똥은 누지 못했습니다. 샤워를 마친 앨리스는 와이어리스 브래지어를 하고 세상에서 제일 푹신푹신하다는, 별 네 개 반짜리 호텔의 바로 그 침대에 누웠습니다. 이불에는 교미하는 페르시안 고양이들이 정교히 수놓아져 있었습니다. 더 이상 쓸모없어진 콘돔은 쓰레기통에 버렸습니다. 뜨악해, 뜨악해, 산다는 게 뜨악해. 히브리어로 된 코란을 읽다가 앨리스는 그만 잠이 들었습니다. 그리고 다시는 깨지 않았습니다.

This Hoffman

블랙홀,
호프먼은 까만 눈을 하고 말했다
참외를 럭비공처럼 가지고 놀았다
그제 새벽, 젤더 부인 밭에서 훔쳐 온 거지
아침부터 모래바람이 불던 날이었어,
호프먼은 까만 눈을 부릅뜨고 말했다
길고 튼튼한 두 다리를 쭉 뻗었다
젤더 아가씨는 외출하기 위해 스카프를 맸지
호피 무늬는 언제 봐도 두근거려,
호프먼은 의식적으로 침을 삼켰다
그제를 기억하는 호프먼은 한껏 들떠서
블랙홀, 블랙홀, 블랙홀!
까만 눈으로 또박또박 말했다
미스 젤더는 마차에 사뿐히 올라탔지
호프먼은 손을 헐떡거리며 말을 몰았어
이 호프먼이, 여신 젤더를 신고 밭으로 간 거라구!
참외와 사탕수수와 알로에가 넘쳐 나는
밭으로, 호프먼과 미시즈 젤더가
호프먼은 그제의 호프먼이 된 것처럼 말을 했다

까만 눈이 뱅글뱅글 돌아가기 시작했다
마차는 밭에 멈추고
근사한 레이디 젤더는 내게 손을 내밀었지
가볍게 키스를 해야 할까?
호프먼은 그런 고민은 난생처음이었어
땀으로 범벅 된 손을 뻗어 내 사랑 젤더를 내려 주었지
밭에는 햇볕이 따갑게 쏟아지고
챙이 넓은 모자를 쓴 천사는 밭으로 걸어가기 시작했지
호프먼은 까만 눈을 스르르 감으며 말했다
눈꺼풀이 파르르 떨리기 시작했다
두 손을 가슴에 사선으로 곱게 포개고
블랙홀, 자기의 눈 속으로 블랙홀,
세상에 하나뿐인 젤더를 만나러, 세상에 하나뿐인 이
호프먼이
모래바람처럼 잠이 들었다

한스

그날 밤이 지나자, 소년 한스는 청년 한스가 되어 있었습니다. 아빠를 아빠라고 부르지 못했습니다. 잠자리에서 이불을 덮어 주거나 머리를 쓰다듬어 주는 사람도 없었습니다. 속옷만 입고 집 안을 돌아다니는 것도 금지되었습니다. 롤리팝 대신 면도기가 주어졌습니다. 시침이 미동할 때마다 불결한 단어들이 떠올랐습니다. 두루마리 휴지처럼 살갗을 벗으며 방바닥을 굴러다녔습니다. 아버지, 아버지. 발음 연습을 할 때마다 온몸이 근질거렸습니다. 털이 구불구불 우거지는 소리가 들렸습니다.

청년 한스는 생각이라는 것을 해 보았습니다. 어른이 되면 저절로 권리장전에 이름이 올라갈까요. 권리를 장전하고 발사한 총알은 과연 어디로 날아갈까요. 그러나 한스는 꿈을 품기보다는 그것을 실현하는 문제에 돌입해야 했습니다. 아직 해결하지 못한 문제가 산더미였는데도 말입니다. 한스는 빚이 산더미인 사람과 빛이 산더미인 사람들을 떠올렸습니다. 빛이 산더미인 사람들의 머릿결은 항상 비단 같을까요? 골치가 아팠습니다. 자신의 이름이 우둔하고 멍청한 사람을 의미한다는 사실을 실감했습니다.

밤이 반쯤 지나고 한스는 반쯤 자랐습니다.

한스는 어떤 현상이나 경향이 되고 싶었습니다. 스타일이나 수수께끼로 남고 싶었습니다. 그러나 언제나 구굿셈과 맞춤법이 문제였습니다. 평계 없는 무덤 속에 누워 보고 싶었지만 삽이 없었습니다. 고인 물이 썩는지 확인하기에 소년기는 너무 짧았습니다. 입안이 바짝바짝 탔지만 양치질을 하면서 이 밤을 보낼 수는 없었습니다. 명색이 청년씩이나 되어서 말입니다. 한스는 약간 으쓱해져서 구레나룻을 한번 쓰다듬어 보았습니다. 그러다 언젠가는 욕심을 부리거나 조금씩 삐뚤어지기도 하겠지요.

록펠러식대로 돌아가는 프로펠러처럼
결코 멈추지 않고,
사타구니의 악다구니처럼
집요하고 꼿꼿하게

한스는 청년이 된 기념으로 몇 개의 문장을 적었습니다. 꿈을 꾼 것은 평생 비밀로 해 두기로 마음먹었습니다. 빛을 빛고 빛살을 빗는 상상을 했습니다. 숲이 된 부위에서 나무 한 그루가 솟았습니다. 시침은 꿈쩍도 안 했는데 말입니다. 늘씬해진 두루마리 휴지를 바라보며 빙그레 웃어 보았습니다. 구굿셈을 외워도 소용없었습니다. 프로펠러는 돌아가고 싶었고 사타구니는 쉬지 않고 곧은 비명을 질렀습니다. 아버지, 아버지. 한스는 자신을 다스리려는 게 얼마나 무모한 시도인지 깨달았습니다. 그런 식으로 점차 그럴싸해졌습니다.

한스는 미국 땅에 사는 수백만 명의 잭들에게 편지를 쓰기 시작했습니다. 하루 만에 성장한다는 것은 어떤 의미일까요. 하루 만에 독일에서 미국으로 건너간다는 것은 또 어떤 의미일까요. 왜 독일 혈통인 나는 영어에 관심을 갖게 되었을까요. 한스는 침묵했습니다. 생각 따위는 집어치워야겠다는 생각을 하기도 했습니다. 숨겨 둔 궐련을 태우며, 한스는 자신이 늙었다는 사실에 동의했습니다. 그런데 재는 왜 턴다고 하지 않고 떤다고 할까요. 한스는 몸을 떨며 가짜로 웃어 보았습니다. 입맛을 다시며 수염을 깎았습니다. 아버지, 아버지. 나는 왜 이다지도 우둔하고 멍청한 걸까요.

청년이 된 한스는 궐련을 끄고 눈을 감았습니다. 꿈을 가르며 총알이 어디론가 날아가고 있었습니다. 이것도 현상이나 경향이라고 말할 수 있을까요? 이 움직임이 스타일이 되는 데에는 얼마나 많은 밤들이 필요할까요? 내게 질문할 권리가 있긴 한 걸까요? 아침이라는 수수께끼가 바야흐로 시작되고 있었습니다.

제인

용산 근처에 살던 어떤 날이었지. 나는 이름이 제인인 한 친구를 알고 있었어. 혹 걔네 아빠가 미 8군 출신이냐고 묻지 말아 줘. 그건 내가 아는 한 가장 지겹고 재미없는 질문이니까. 학창 시절 내내 제인은 13번이었어. 우연이기도 하고 그렇지 않기도 하고. 양키 딸년은 지옥에 떨어져서 저주나 받아라, 뭐 이런 게 아니었겠니? 제인은 이 말을 하면서 깔깔깔 잘도 웃어 댔지. 당신에게 솔직히 고백건대, 사실 제인은 한국 애야. 갈색 머리칼이 듬성듬성 포진해 있고 피부가 유달리 하얗다고 해서 한국 애가 아니란 법은 없잖아. 마찬가지로 제인이란 이름을 가진 한국 애가 없을 리 만무하잖아. 혹 제인이란 이름을 가진 한국 애가 대체 어디 있느냐, 내 생전에 그런 이름은 듣도 보도 못했다 묻지 말아 줘. 그건 내가 아는 한 가장 재미없고 지겨운 질문이니까. 배꼽을 의미하는 제(臍) 자에 질길 인(靭) 자를 쓰면, Jane이 아닌 제인(臍靭)이 되잖아. 배꼽이 질겨서 뭐 어쩌겠다는 거야, 배꼽이 껌도 아니고, 하긴 껌을 씹다 뱉으면 꼭 배꼽 모양 같기는 하겠다, 얘. 제인은 이 말을 하면서 또다시 깔깔깔 웃어 댔지. 이름이 으뜸이라고 해서 걔가 허구한 날 일등만 하라는 법은 없잖아. 물론 당신이 의심하듯 제인의 배꼽이 정말로 질길 수도 있어. 어쩜 제인 엄마가 제인을 낳을 때 탯줄이 너무 억세고 끈덕져 13번의 가위질 만에 겨우 잘렸을 수도 있고. 이런 추측들은 내처 배꼽 속에 푹 쟁여 두라고. 그냥 제인을 제인으로 받아들여. 제인은 당신이 〔제인〕으로 불러 주길 원하고 있어. 〔dʒéin〕도 아니고 〔줴인〕도 아니야, 〔죄인〕은 더더욱 아니고. 그러니 억지로 혀를 굴려 스스로를 모욕할 필욘 없잖아. 당신이 내가 아는 한 가장 지겹고 재미없는 질문을 연거푸 해 댄들, 내가 용산을 떠 종로나 잠실 근방에 둥지를 튼들, 제인이 제인이란 사실은 결코 변하지 않아. 제인은 단지 제인이니까. 여기서 잠깐, 혹 제인 동생이 토미나 조가 아니냐고 묻지 말아 줘. 그건 내가 아는 한 가장 재미없는 데다가 지겨운 질문이니까. 용산 근처에 살던 어떤 날에도 그랬듯, 오늘도 나는 여전히 이름이 제인인 한 친구를 알고 있어. 그리고 제인은, 더 이상 네가 아는 그 제인이 아니야.

환절기

여름에는 하루가 멀다 하고 사랑을 속삭였습니다. 남자의 애간장이 탈 때마다 여자는 콧대를 세우고 연막을 쳤습니다. 여간내기가 아니었습니다. 여자의 고사리 같은 손과 꾀꼬리 같은 목소리는 각광 받기에 충분했습니다. 남자와 여자가 깨를 쏟으며 지지고 볶는 동안, 알토란이나 떡두꺼비를 닮은 아이들이 웃음꽃을 피우며 장단을 맞추었습니다. 어색한 풍경에 제법 구색이 갖추어졌습니다. 여자가 남자의 간을 녹일 때마다 남자의 간은 점점 콩알만 해졌습니다. 급기야 여자는 남자의 간을 빼 먹었지만 정작 자신의 간에 기별은 가지 않았습니다. 여자는 헌신짝 버리듯 남자에게 퇴짜를 놓았습니다. 변죽을 울리지도 않았습니다. 아이들의 미립이 트이기 시작했습니다. 남자는 큰맘 먹고 가슴에 칼을 품었지만 간이 떨어져 나가 무도 베지 못했습니다. 복장이 터지고 억장이 무너지고 있었습니다. 남자는 사랑에 대해 개뿔도 몰랐습니다. 남자는 더위를 먹고 열병에 걸리고 급기야 식음을 전폐했습니다. 꿈인지 생시인지 알 수 없었습니다. 하늘도 캄캄하고 눈앞도 캄캄했습니다. 머리끝에서 발끝까지 안 아픈 곳이 없었습니다. 아침이 올 때마다 정수리에서 나사가 하나씩 빠져나갔습니다. 쪽박이라도 차고 사시나무 떨듯 울고만 싶었습니다. 남자에게는 여자도 없고 여지도 없었습니다. 아이들은 남자를 살리기 위해 억지로 아가리를 벌려 엿을 먹였습니다. 여자에게 욕을 먹이는 것도 잊지 않았습니다. 엿이든 욕이든 뒷맛이 소태처럼 썼습니다. 여자는 얼굴에 철판을 깔고 이웃 마을에 새 둥지를 틀었습니다. 하늘이 두 쪽 나도 여자는 살아남을 것 같았습니다. 간이 이미 부을 대로 부어서 여자는 거짓말을 밥 먹듯 할 수 있었습니다. 밥맛이 떨어질 즈음 막바지 더위가 기승을 부리기 시작했습니다. 앞으로 무슨 일이 벌어질지 불 보듯 뻔했습니다. 신들린 아이들이 동네방네 찬물을 끼얹고 놀았습니다. 간담이 서늘해지고 모골이 송연해졌습니다. 뱃가죽이 등에 붙어 버리자, 남자는 두 손 들고 짐을 싸기 시작했습니다. 이상하게도 짐을 싸면 쌀수록 짐을 벗는 것 같았습니다. 알다가도 모를 일이었습니다. 눈 깜짝할 사이에 마을에는 어른들의 코빼기도 보이지 않게 되었습니다. 간발의 차이로 가을이 겨울을 앞질렀습니다. 살판난 아이들이 쾌재를 부르며 겨울을 향해 쏜살같이 달려가고 있었습니다.

동물원에서

레드를 봤어요
*피벽돌양탄자*가 아닌
통째로 온전한 레드를요
*망고말보로바이올린*과는 격이 달랐죠
레드는 뭐랄까, 사람 같았다니까요
살아 있는 레드, 호흡하는 레드
탱탱한 덩어리의 레드
찰흙처럼 퍼덕거리다가
콜타르처럼 흐르다가
멸치처럼 바짝 말라붙었다가
아직 죽기는 싫은지
왼쪽 심장이었다가, 당신의 온기를 동맥으로 밀어냈다가
온몸이 달아올라 헐떡거리다가
블루와의 원 나이트 스탠드였다가
10월에 퍼플 레인으로 쏟아지다가
질량 보존을 위해
수백만 개의 젖꼭지가 되었다가
애를 밴 섬바디였다가
태교에 좋은

달팽이관의 펑크록 사운드였다가
벨벳 골드 마인이었다가
카메라가 다가가면 용케 멈춰 버리는
대가리를 열고 가시를 겨누기 시작하는
애니바디, 에브리바디 어쩌면 노바디 레드는
때때로 식물원에 팔려 간 친구
*튤립선인장아스파라거스*를 생각하며 쓸쓸해질 줄 아는

레드는 뭐랄까,
광화문에 뿌려진 하인즈 토마토케첩이지요

변신

오후 5시 49분, 안과 의사는 막 마스크를 벗고 있었다 선생님, 비상이에요 면사포를 쓴 간호사가 환자를 급히 수술대에 눕혔다 선생님은 안과 의사를 먼저 퇴근시키고 마스크를 다시 귀에 걸었다 환자는 눈을 꾹 감고 있었다 눈을 떠야 진료를 하죠, 손님 간호사가 살짝 신경질을 냈다 놀란 손님이 눈을 번쩍 떴다 환자가 카운터에서 계산을 마치고 병원 문을 유유히 빠져나갔다 환자분, 눈동자를 안쪽으로 모아 보세요 선생님의 주문이 끝나기가 무섭게 손님이 자리를 박차고 일어나 어디론가 전화를 걸었다 잠시 후, 병원 문을 열고 환자가 다시 들어와 손님을 밀어내고 수술대에 누웠다 얼굴에 분을 잔뜩 바른 채였다 경희 씨, 주사기 좀 갖다 줘요 환자분 눈에 괸 고름을 빼야겠어요 선생님이 간호사를 향해 소리쳤다 네, 선생님 대답을 한 건 간호사가 아니라 경희 씨였다 간호사는 결혼식을 치르러 부랴부랴 예식장에 갔을 것이다 아가씨, 살살 좀 놔 줘요 내가 좀 민감해서 말이야 경희 씨가 가져온 주사기를 보고 경악한 환자가 엄살을 피웠다 그러죠, 뭐 아가씨가 묘하게 웃으며 대답했다 경희 씨는 아마 부케를 받으러 갔을 것이다 대신 눈을 크게 뜨고 계세요, 선생님 아가씨가 주삿바

늘을 확인하며 당부하듯 말했다 순식간에 선생님이 된 환
자가 선생님의 마스크를 냅다 빼앗아 쓰고 시계를 올려다
보았다 5시 59분이었다 이 양반이 미쳤나, 왜 남의 마스크
를 훔치고 그래? 마스크를 뺏긴 선생님이 마스크를 뺏은
선생님을 향해 성을 냈다 죄송해요, 선생님 양반이 된 선
생님이 머리를 조아리며 사과를 했다 간호사, 이 손님 당
장 내보내요 신랑을 대동한 간호사가 수술대 옆에 구겨져
있던 손님의 멱살을 거머쥐었다 이러지 마요, 아가씨 주삿
바늘 점검을 마친 아가씨가 손님 눈에 대고 주사기를 꾹
눌렀다 시계가 6시를 알리며 고름을 찍 토했다 선생님은
맘을 단단히 먹고 여보와 아빠가 되기 위해 집으로 향했다

7 a.m.

아빠가 커튼을 활짝 연다. 오늘은 해가 뜨지 않는다고 하던데요. 엄마가 프라이팬에 기름을 두르며 말한다. 일요일은 생식을 하는 날이잖아요. 딸이 거울을 빤히 들여다보며 엉클어진 머리를 동여맨다. 오늘은 학교에 가는 날이 아니잖니. 아빠가 소파에 걸쳐 있는 신문을 펼치며 묻는다. 그 신문 그제 신문이에요. 아들이 눈을 비비며 거실로 걸어 나온다. 녀석아, 잠옷도 거꾸로 입고 다니니. 엄마가 핀잔을 하며 수도꼭지를 이리저리 돌려 본다. 오늘부터 사흘간 단수인 거 모르셨어요? 딸이 얼굴에 분칠을 하며 곱게 눈을 흘긴다. 그놈한테 너랑 그만 만나라고 어젯밤에 연락했다. 아빠가 TV 리모컨으로 채널을 이리저리 돌리며 말한다. 케이블이 끊어져서 오늘부터 바둑 채널은 안 나와요. 아들이 늘어지게 하품을 하며 화장실 도어를 발칵 연다. 노크는 기본이 아니니. 엄마가 수건으로 젖은 얼굴을 닦으며 화를 낸다. 누가 발 닦는 수건을 거기다 걸어 놓았지? 현관에서 하이힐을 신으며 딸이 심드렁히 말한다. 나가서 들어올 생각은 아예 마라. 아빠가 소파를 주먹으로 탁 치며 소리 지른다. 우리도 다 컸다고요. 양치질을 하던 아들이 우물거리며 응수한다. 너는 어떻게 그렇게 교양이 없니.

바닥의 치약 거품을 닦으며 엄마가 짜증을 낸다. 애들 교육을 대체 어떻게 시킨 게요? 안절부절못하는 아빠가 자리를 박차고 일어난다. 오늘은 좀 늦을 거예요. 숄더백을 멘 딸이 현관문을 세게 닫아 버린다. 아주 문을 부수지 그러니. 엄마가 현관 밖으로 총총 사라진 딸에게 윽박듯이 말한다. 엄마, 옆집에서 들어요. 양치질을 마친 아들이 턱을 이리저리 뒤틀어 이상한 소리를 낸다. 그 짐승 울음 같은 건 대체 누가 가르쳤니. 아빠가 샹들리에 아래에서 맴맴 맴 돌며 공격하듯 묻는다. 왜 하필 거기서 정신없이 빙빙 돌고 그래요. 갑자기 설거지감이 생각난 엄마가 싱크대를 향해 잰걸음을 한다. 엄마, 오늘부터 물은 안 나온다니까요. 아들이 바닥에 벌렁 누워 윗몸일으키기를 하기 시작한다. 안 되겠다, 창문을 닫아야겠다. 아빠가 황급히 커튼을 닫는다. (거봐요, 일기예보는 틀리지 않는다니까요.)

못다 한 이야기
—— Stranger In Paradise

짐 자무시(Jim Jarmusch)가 1984년에 제작한 영화 「천국보다
낯선(Stranger Than Paradise)」을 패러디한 포스터.

시시한 농담 한번 해 볼게. 세 명의 남자가 천국으로 난
길을 걷고 있었어. 심장이 두 개인 남자, 심장이 하나인 남
자, 심장이 없는 남자 이렇게 셋이. 길은 한도 끝도 없었지.

한참을 걷다가 심장이 두 개인 남자가 심장이 하나인 남자에게 말했지. 자네, 구두끈이 풀린 거 아나? 아니다, 두 명의 남자가 길을 걷고 있었어. 심장이 두 개인 남자와 심장이 하나인 남자 이렇게 단둘만. 한참 길을 걷는데, 갑자기 심장이 두 개인 남자가 딱 멈춰 서는 거야. 그러곤 심장이 하나인 남자에게 심각하게 말을 건넸지. 자네, 구두끈이 풀린 거 아나? 아니다, 진짜 얘기는 바로 이거야. 심장이 하나인 남자가 혼자 길을 걷고 있었어. 한참을 걷는데 발이 약간 허전한 거야. 땅을 내려다보니 아니나 다를까 구두끈이 풀려 있었지. 자네도 참, 구두끈이 풀린 것도 몰랐단 말인가? 심장이 하나인 남자가 혼잣말을 했지. 그러곤 구두끈을 묶으려고 허리를 구부렸어. 그때였지. 느닷없이 보도로 뛰어든 자동차가 심장이 하나인 남자를 치어 버린 거야. 덕분에 심장이 하나인 남자는 예정보다 일찍 천국에가게 되었어. 천국 입구에서 심장이 하나인 남자는 심장이 두 개인 남자, 심장이 없는 남자를 만나게 됐지. 생각보다일찍 왔네그려. 심장이 두 개인 남자와 심장이 없는 남자가입을 모아 심장이 하나인 남자를 환영했지. 그런데 자네,구두끈이 풀린 거 아나?

라이터*

순순히 단번에 불 켜지지 않는 라이터가
돈키호테의 손에 들어갔을 때,
사람들은 엄지를 뉘어
자신들의 지문이 안전한지 확인했다

돈키호테가 담배를 무찌르기 위해
야심차게 라이터를 당겼을 때,
바닥에 닿기 직전의 별똥별처럼
사람들은 극도로 위태로워져
소원을 빌듯 두 손을 모으고 기도를 했다

라이터의 휠이 자꾸만 겉돌아
돈키호테의 엄지에 몇 개의 스키드 마크가 그어졌을 때,
한물간 수사학처럼
사람들은 맥이 빠질 대로 빠져
페이지 뒤로 몸을 숨겼다

라이터의 고집을 꺾고
돈키호테가 불붙은 담배를 자신의 입으로 가져갔을 때,

사람들의 성기는 이미 두근거리고
심장은 의미심장함을 잃어버렸으며
입에서는 불투명한 신음이 새어 나왔다

돈키호테가 담배를 다 피울 때까지
주머니 속 라이터는 빛이 들기만을 기다리고
태양이 머리 위에 있을 때의 그림자처럼
사람들은 활자 옆에 쪼그려 앉아 있었다

승리를 만끽한 돈키호테가
전리품이 된 라이터를 바닥에 던져 버렸을 때,
사람들은 왼쪽 손목을 들어
자신들이 지금 안전한 시대에 살고 있는지 확인했다

두 번째 담배를 꺼내 문 돈키호테가
박살 난 라이터를 바라보며
급기야 반성하기로 마음먹었을 때,
사람들은 페이지 귀퉁이를 접고
담뱃재가 폴폴 날리는 풍경을 박차고 나와

마치 아무 일도 없었다는 듯
기실 라이터로는 아무 일도 할 수 없다는 듯
탄수화물로 이루어진 어떤 덩어리를 허겁지겁 먹기 시작
했다

* lighter 혹은 writer.

2부
어떤 날들이 있는 시절

모던 타임스

큰오빠는 팔굽혀펴기를 천구백 개째 하고 있었다 팔을 굽힐 때마다 땀방울 몇 톨이 자랑스럽게 돋아났다 네가 격투기를 하면 세상을 발칵 뒤집어 놓을 거다 / 그게 돈벌이가 더 돼? 아빠와 엄마는 항상 논쟁을 벌였지만 큰오빠는 근육 하나 꿈쩍하지 않았다 선반의 트로피를 바라보며 오직 양질의 고깃덩이가 되는 것만 생각하기로 했다

저 훤칠한 총각은 누구냐 할머니는 사람들의 이름을 자꾸만 잊어버리셨다 갑자기 통닭이 먹고 싶구나 할머니가 큰오빠의 등짝을 보고 입맛을 다셨다 잘 드시면 몸이 나을지도 몰라 / 하루에 열 끼나 드시는데? 아빠는 이상을 굽힐 줄 몰랐고 엄마는 현실이 펴지기만을 기다렸다 큰오빠는 팔굽혀펴기를 그만둘 수 없었다

통닭이 배달되자, 할머니는 날렵하게 날개를 낚아채 덥석 입에 물었다 미각은 여전하셔 / 이제 가실 때가 된 거지 엄마가 천장에 걸린 샹들리에를 가리키며 말했다 아빠가 가슴살을 뜯어 큰오빠에게 가져다주었다 큰오빠는 쟁반에 입을 대고 개처럼 그것을 씹어 먹었다 샹들리에가 위

태롭게 껌벅였지만, 모두들 그저 자기 자신이 눈을 감았다
뜬 것이라고 생각했다

마감 뉴스를 틀었지만, 아무도 미도리의 실종이나 제인
의 망명, 철수의 죽음 따위에 신경 쓰지 않았다 자정이었
고, 에너지 보충을 이유로 다들 잠자리에 들고 싶어 했다
철수는 할머니가 진작 잊어버린, 이제는 교과서에도 실리
지 않는 작은오빠의 이름이었다 할머니가 그 이름을 떠올
리려는 찰나, 화이트 노이즈가 모두의 머릿속을 하얗게, 어
지럽게 만들었다 결국 내일의 날씨 코너는 내일로 방영이
미뤄졌다

큰오빠는 이천 번 팔을 굽히고 천구백구십구 번 팔을
펴는 데 성공했다 굽히지 않으면 아무것도 펴지지 않는다
는 사실만 오직 생각하기로 했다 할머니가 입맛을 다시며
큰오빠의 이름을 다시 물어 왔다 아빠와 엄마가 하품을 하
며 안방으로 들어갔다 선반의 트로피가 떨어졌지만 엔트
로피를 떨어뜨리기엔 역부족이었다 큰오빠가 팔을 이천 번
째 펴자, 큰오빠의 항문에서 방전된 에너자이저 하나가 툭

떨어졌다

　내일은 내일의 태양이 떠오르겠지? / 비가 오지 않는다면
　큰오빠에 이어 아빠와 엄마, 그리고 할머니가 차례로 눈
을 감는 소리가 들렸다

세대 차이

단순히 자장면과 피자의 차이는 아니죠 자장면의 면발은 아직 질기다니까요 그것은 오히려 비틀즈와 라디오헤드 차이예요 내일을 계산하기도 바쁜데 어제(yesterday)*를 노래하는 건 시간 낭비죠 차라리 특별해지고 싶다(I wish I was special)**고 소리치는 게 훨씬 쿨해요 그러나 인정하겠어요 우리는 모두 겁쟁이예요 이어폰을 귀에 꽂고 있을 때만 미칠 수 있지요 온실효과 때문인가요? 전쟁 핑계는 대지 마세요 술과 마약은 그때가 더 독했잖아요 박노해와 마이클 무어는 몸집부터 다르고 그때도 엘뤼아르는 저세상 사람이었어요 히피의 자유는 엑스세대의 그것과 뭐가 다르죠? 길 가는 사람 아무나 붙잡고 물어보세요 긴 머리가 사이키델릭했던 건 딱 88서울올림픽까지였어요 사실, 머리 자르는 건 언제나 쉬운 일은 아니었죠 오죽하면 100년 전엔 그걸 개혁이라 불렀겠어요 박정희와 닉슨은 둘 다 욕심꾸러기였고 그걸 숨긴 건 어쩜 당신이었죠 계엄령 시즌마다 알아서 앉은뱅이 되던 사람들은 부티크 세일 기간도 척척 맞추고 있어요 우리는 뉴욕 나비의 날갯짓이 태풍을 부를까 봐 벌벌 떨고요 그러고 보니 삐라와 익명게시판이 분노로 가득 차 있는 건 똑같네요 양쪽 다 출처는 불분명해요 긴급조치는 불필요하거나 불가능하죠 몽타주와 아바타는 인간을 이해할 수 있을까요? 자장면과 피자를 동시에 먹는 우릴 말예요

* 비틀즈(The Beatles)의 노래.
** 라디오헤드(Radiohead)의 노래 「Creep」에서.

어떤 날들이 있는 시절 1

어떤 날엔 멀쩡하던 빌딩들이 픽픽 쓰러졌다 괜한 오해 사기 싫어서 바람은 아예 불지 않았다 아이들은 쓰러진 빌딩 근처서 자갈을 하나씩 까먹었다 실업자들이 늘어났지만 그건 그들이 게을러서는 아니었다 백인들은 영화관에 가지 않았고 그건 흑인들도 마찬가지였다 흑백영화가 백흑영화가 될 수는 없었고 피부색은 비누로 해결하기엔 그 자체로 이미 치명적이었다 주머니를 털어 남극을 정복했지만 석유는 나오지 않았다 정부에선 마녀들이 저주를 품었다고 했지만 그녀들이 용광로에 뛰어든 건 한참 전의 일이었다 어떤 날엔 FBI가 아이들을 납치한다는 소문이 떠돌았다 아이들은 더 열심히 자갈을 먹어 댔고 그들의 울퉁불퉁한 배에선 항시 음악이 흘러나왔다 부모들은 이제 맘 놓고 돈 걱정만 할 수 있었다 어떤 날엔 눈알을 사는 사람이 몰래 들어와 마을을 들쑤시고 다녔다 면도날로 눈알을 도려내는 장면을 영화로 찍는다고도 했다 확실히 밥은 법보다 구미가 당기는 제도였다 내일을 보고 싶지 않은 사람들이 줄지어 눈을 내놓았다 빨간 눈 파란 눈을 도려내도 영화는 여전히 흑백이었다 정부는 달리와 부뉴엘을 우주로 추방하겠다고 선언했지만 그들은 이미 현실 사람들이 아니었다 벌거벗은 사람들이 시도 때도 없이 떼 지어 몰려다녔고 아이들은 배를 두드리며 킹콩처럼 으르렁거렸다 어떤 날엔 정말 미치는 건 일도 아니었다 노벨상을 받았지만 토마스만은 은신처를 찾아 헤맸고 눈을 잃은 사람들은 모두 집시가 되어 도시를 떠돌았다 아이들 뱃속에 있는 자갈은 내장과 밀착한 음을 냈고 사람들은 그걸 재즈라고 불렀다 안네 프랑크가 태어났지만 아무도 젖을 물려 주지 않았다 옆집이 무너져도 사람들은 잠을 잘 수 있었다 용감하지 않은 자는 스스로 도태되었다 어떤 날엔 바람이 불 징조가 보였지만 쓰러질 빌딩은 더 이상 없었다 FBI는 총으로 돈을 살 수 있다는 걸 깨닫고 돈으로 총을 사 모으기 시작했다 아이들은 일제히 배탈로 앓아누웠다 영화관은 문을 닫았고 곳곳에 용광로가 들어서 밤새 불을 뿜었다 광주에선 젊은 피가 끓었지만 그것마저도 여전히 흑백이었다 탕 탕 탕 총구에서 눈알이 날아가는 꿈은 그 시절 유일한 대중문화였다

빨간

불이 켜지면 멈춰 서야 해, 이 나라의 규칙이야
나는 보도에 서서 레닌을 생각하지 이건 규칙은 아냐,
버릇이니까

달력을 봐, 한 달에 네 번쯤 멈춰 설 수 있어
그날엔 말이야,
눈이 벌게질 때까지 티브이를 봐도 괜찮지,
엄마 몰래 토마토를 으깨 먹고
주근깨 빼빼 마른 앤을 만나도
검은 눈의 사장이 간섭 안 하는, 너만의 공간 혹은

시간이 나면 외출을 하자,
길거리에 장미가 있으면 꺾어도 좋아,
한때는 이 나라의 법이었잖아
가시에 찔려 손가락에서 피가 난다구?
손가락이 건드려 가시에서 피가 나는 건 아니구?

아스팔트에 뚝뚝 떨어진 피는,
결코 고이지 않아, 흐를 뿐이지

그것은 아주 조금씩 조금씩, 견디듯 흘러
검은 눈의 사장이 눈치 못 채게
자신을 부르는 곳으로, 투우장으로

성난 소가 달려온다,
누가 빨간 더플코트를 입고 오랬니?
앤의 손을 꼭 잡고 바다로 도망쳐
붉게 오염된 초록별 지구로,
풍덩, 뛰어들자마자

월요일 아침이야
달력을 뚫고,
검은 눈의 사장이 너를 노려보고 있는

장면들
— 미장센, 파리 골목

Odilon Redon, *The Winged Man*, Before 1880

이 장면은 골목에서 시작된다 비좁은 골목 양옆으로 집
들이 죽 늘어서 있다 문단속이 끝난 집 앞에는 으레 쓰레
기봉투가 있다 쓰레기들은 김빠진 태양 아래서 무럭무럭
부패한다 이 장면을 지켜보는 것은 파리들의 일상

파리들은 장면 속의 장면을 지켜보지만 결코 주인공은
될 수 없다 몸집이 작고 윙윙거리며 결정적으로 날개가 있
기 때문이다 나방의 날개가 매혹적이고 매미의 날개가 투

명하다면, 파리의 날개는 그저 어쩔 수 없다 그것은 주된
부속이다 파리들의 미션은 단 하나; 살기 위해서 부단히
날기

　그는 이 골목에 자주 출몰한다 그의 구레나룻은 까맣고
숱지며 볼은 더없이 붉다 그는 꼭 진화한 원숭이 같다 처
음에 가죽점퍼를 입는다는 이유로 형사들은 그를 의심했
다 그가 친구들과 담뱃불을 주고받는 장면을 형사들은 그
림자처럼 덮쳤다 장면은 단박에 일그러져 3차원이 되었다

　형사들과 판사들은 똑같이 눈을 믿는다 그들은 셔터 누
르기를 좋아하고 인화한 장면을 기억하는 데 탁월한 능력
을 지녔다 종종 악몽을 꾸지만 곧 잊어버린다 그들은 또한
맹(盲)한 구석도 있다 골목의 쓰레기봉투가 그들 눈에는
볏단처럼 보인다 그들은 파리 되기를 꿈꾸며 살금살금 풍
요로워진다

　그가 친구들을 만나는 순간, 그는 자기도 모르게 그들
이 되고 패거리가 되고 조직이 된다 그는 이런 식으로 장

면에 흡수되었다

형사들이 찰칵, 셔터를 누르고 그의 손에 찰칵, 수갑을
채운다 고개만 불쑥 내민 채 이 장면에 동참하던 마을 사
람들이 일제히 대문에 찰칵, 빗장을 건다 사라진 마을 사
람들은 안방에 누워 TV로 그의 재판 장면을 볼 것이다

대문은 잘 잠갔지? 그럼요, 파리들이 있는데 웬 걱정이
에요
파리들은 날개 달린 훌륭한 보초, 마을 사람들은 여간
해선 집 밖으로 나오지 않는다

사형을 선고받은 뒤, 그는 잊혀졌다 카메라는 스타와 범
죄자에 유독 민감하다 그는 프레임 바깥으로 튕겨져 나간
것이다 날개가 없어 다시 들어오지도 못했다 그는 문득 파
리들이 그리워졌다

다음 장면은 그가 눈을 뜨는 것으로 시작된다 그는 위
험한 스타일로, 난폭하게 태어날 것이다 날개를 단 원숭이

로 퇴화할지도 모른다 그는 날개를 단 최초의 주인공이다 그의 날개는 언제든 덮칠 준비가 되어 있다 ― 그림자처럼 ―― 그는 골목에서 쓰레기 냄새를 맡으며 무럭무럭 자랄 것이다 가끔 친구들을 만나 밀담을 주고받을지도 모른다 이 장면을 파리들이 볼 테지만, 그는 형사들의 눈만은 교묘히 피할 것이다 그의 미션은 단 하나; 날기 위해서 부단히 살기

그는 찰칵, 프레임을 따고 장면 안으로 날면서 걸어 들어온다

어떤 날들이 있는 시절 2
—— ver. microsoft

어떤 날 아침엔 필름누아르의 주인공처럼 자신 있게 권총을 뽑아 들었다 하늘에 구멍을 내고 싶었지만 오존은 이미 바닥난 상태였다 사람들의 무게중심이 조금씩 앞쪽으로 이동했지만 그게 그들이 진보적이라는 의미는 아니었다 어떤 날엔 가만히 있어도 지구가 자전하는 것이 느껴졌다 현기증이 사시사철 유행했지만 약국에서는 여전히 감기약만 팔았다 거리에는 싸구려 선글라스가 넘쳐 났는데, 그것들은 모두 은둔하는 알비노들이 혼을 담아 제작한 것이었다 어떤 날엔 하루라도 TV를 보지 않으면 입안에 가시가 돋는 사람이 TV에 출연했다 그가 혀에 박힌 가시를 뽑을 때마다 관객들은 놀랐고 놀랄 때마다 놀랍게도 코에서 노란 피가 새어 나왔다 정규 방송이 끝나면 알비노들을 위로하기 위해 애국가 대신 진혼곡이 흘러나왔다 다만 그 의도가 순수하다고 생각한 사람은 아무도 없었다 실언을 하는 인간적인 정치인들만이 4년마다 열리는 인기투표에서 살아남았다 '주술호응'이라는 말이 사전에서 사라지고 대신 '데리다'라는 불완전 동사에 해체한다는 의미가 추가되었다 어떤 날엔 아주 작고 부드러운(Microsoft) 창문을 넘는 사람들이 세련됨의 상징으로 여겨졌다 이상하게도 뚱뚱한 사람들조차 창문을 넘을 때 큰 어려움을 호소하지 않았다 펜은 칼보단 강했지만 쥐새끼의 민첩함을 따라잡기엔 역부족이었다 어떤 날엔 창문을 통해 눈알이 뻘게질 때까지 우울하고 감상적인 야구 게임을 보았다 건장한 남자들이 야구방망이를 휘둘렀지만 열에 아홉은 헛방이었다 아이들은 태어나지 않았고 늙은이들은 죽지 않았다 세계의 운동에 너지가 기하급수적으로 감소하고 있었다 9회 말이 끝나고 새로운 세기가 열렸지만 그것은 그저 연장전의 다른 이름일 뿐이었다 어떤 날엔 선글라스를 낀 알비노들이 큰맘 먹고 외출을 시도했지만 세상의 채도를 감당할 수는 없었다 멜라닌 색소를 사기 위해 화방에 갔던 알비노들은 MRI와 Ph. D가 없다는 이유로 단박에 거절당했다 그날부터 진혼곡의 박자는 자꾸만 엇나가기 시작하고 음들은 급기야 '데리기'에 이르렀다 간혹 창문을 넘다가 현기증이 일었지만 약국에선 늘 감기약을 처방해 주었다 썩은 양파를 뼁뼁 차며 집에 돌아올 때면 코에서 노란 피가 뚝뚝 떨어졌다 필름누아르의 주인공처럼 자신 있게 권총을 뽑아 들었지만 곧 그 이유를 잊어버리곤 했다

닫히지 않는 창문

창문은 열려 있었다 푸줏간에서 막 배달 온 고기는 얼어 있었고 텔레비전은 여전히 달뜬 채였다 도마를 꺼내고 칼을 집어 들었다 아니 그 전에 먼저 창문을 닫았다 브리트니 스피어스의 마이크는 고장이었고 노래 부르기에 무대는 너무 좁았다 언 고기는 잘 썰리지 않았다 창문은 열려 있었고 노래 부르기에 너무 좁은 무대에서 그녀는 춤을 추기 시작했다 아니 그 전에 먼저 관객석으로 난 문을 닫았다 전자레인지에 고기를 넣고 해동 버튼을 눌렀다 김이 모락모락 피어올랐다 창문은 열려 있었고 그녀가 입맛 다시는 모습이 카메라에 잡혔다 아니 그 전에 먼저 전자레인지의 문을 닫았다 고기가 선 무대에 노란불이 켜졌다 마이크도 덩달아 켜졌고 놀란 그녀가 비명을 질렀다 관객석으로 난 문이 화들짝 열렸다 전자레인지도 문을 열어 고기를 턱 뱉어 놓았다 뜨문뜨문 설익은 부위에서 쿠린내가 났다 아니 그 전에 먼저 노란불이 꺼졌다 그녀의 노래는 엉망이었고 그것은 무대가 너무 좁았기 때문이다 고기를 도마에 올려놓고 부지런히 썰기 시작했다 설익은 부위에서 멀건 육즙이 흘러나왔다 창문은 열려 있었고 그녀가 윙크하는 모습이 카메라에 잡혔다 아니 그 전에 먼저 고기는 땡땡

얼어 있었다 공연을 마친 브리트니 스피어스가 관객석으로
난 문을 열고 창문을 향해 기어 들어갔다 아니 그 전에 먼
저 노란불이 켜졌고 그녀는 어느새 고기를 밀어내고 무대
를 차지하고 있었다 마이크 대신 펩시를 든 채였다 윙크하
려고 감은 눈을 그녀는 다시 뜨지 못했고 창문은 아직 열
려 있었다

미니시리즈

느닷없이 접촉사고
느닷없이 삼각관계
느닷없이 시기질투
느닷없이 풍전등화
느닷없이 수호천사
느닷없이 재벌 2세
느닷없이 신데렐라
느닷없이 승승장구
느닷없이 이복형제
느닷없이 행방불명
느닷없이 폐암진단
느닷없이 양심고백
느닷없이 눈물바다
느닷없이 무사귀환
느닷없이 갈등해소
느닷없이 해피엔딩

16부작이 끝났습니다
꿈 깰 시간입니다

고타분 씨가 이 시대를 사는 법

고타분 씨는 증식을 위해 태어났습니다 매일 아침 정자 은행에 30cc의 정액을 가져가는 게 그의 일이죠 양과 질에서 모두 훌륭해요 운동성도 뛰어나고요 심사관의 오케이 사인이 떨어지면 고타분 씨는 마냥 기쁘기만 합니다 사회에 이바지한다고 느끼는 거죠 내일 제출할 시험관을 받아 들고 집에 오는 고타분 씨, 다소 우쭐할 겁니다 실로 그는 유니크한 존재예요 요새 사람들은 아무도 밤에 일을 벌이지 않으니까요 가로등 불빛에 취해 키스하던 시절은 벌써 지나가고 없어요 다리를 얽고 몸을 섞는 것은 불경한 짓거리니까요 국제적인 트렌드가 그래요 사랑이 동물성에 물들고 있다는 긴급 보고도 서너 차례 있었어요 이를테면 조야하다는 겁니다 성교하는 게 말예요 소더비 경매에서 최고 인기 품목은 뭐니 뭐니 해도 신생아입니다 눈에 쌍불을 켠 부부들이 쌍쌍으로 모여 아이들을 사고팝니다 성별은 중요치 않아요 이을 대 같은 건 아무도 신경 안 쓰니까요 그런데도 아이들에 왜 그리 안달복달인지 모르겠다고요? 부잣집에서 아이들은 일종의 페트인 셈이에요 멍멍이가 뼈다귀를 향해 점프를 하고 야옹이가 능란하게 재주를 넘듯 아이들은 고까를 입고 걸음마를 하죠 아장아장은 현대인이 가장 좋아하는 부사랍니다 예쁘장한 아이는 큰 걸로 족히 넉 장은 줘야 살 수 있어요 울지 않으면 최상품 대열에 낄 수 있습니다 보조개와 쌍꺼풀, 몽고반점은 플러스 옵션이죠 이제 경매에서 밀린 부부들이 타박타박 정자은행으로 발을 돌릴 시간이에요 아이를 품에 떡하니 안고 사교계에 드나드는 꿈을 꿨던 부부들, 실망이 이만저만이 아니겠는걸요? 하긴 인스턴트 시대에 40주는 아무래도 너무 긴 기간이에요 얼마 전엔 뒤늦게 나라에서 아이 증식 계획을 선포했지만 허방 치고 말았답니다 지금은 1920년대도 1960년대도 아니잖아요 다들 짐승이 되기는 죽어도 싫었던 겁니다 애먼 정자 가격만 무섭게 치솟았지요 사실 시대를 잘 타고난 건 고타분 씨 잘못은 아니죠 그는 그저 할 줄 아는 걸 하고 있을 뿐이니까요 아, 저기 늘어선 줄을 보세요 부부들이 앞다투어 정자은행 문을 두드리기 시작하는군요 이들이 우리의 고타분 씨를 먹여 살리는 겁니다 이들은 고타분 씨가 매일 손이 뻘게질 때까지 용두질에 몰두하는 걸 알고 있을까요? 적게는 네댓 번, 많게는 일고여덟 번쯤 말예요 대답은 노겠지요 이들은 상상만으로도 고타분 씨를 쉬 짐승으로 만들어 버릴 겁니다 고타분 씨도 자

신의 유전자가 페트 생산에 소비되는 걸 모를 거예요 그럼
비긴 셈이라고요? 아니죠 서로 원하는 걸 가지게 됐으니
양쪽 다 이긴 거예요 정자은행장은 이걸 가리켜 윈-윈 게
임이라고 하더군요

순례자들

폐점 시간입니다 백화점에 갇혀 있던 사람들이 우르르
쏟아져 나왔습니다 아스팔트는 적당히 가열되어 있습니다
한 발짝씩 내디딜 때마다 맨발이 움씰움씰합니다 신이시
여! 발이 뜨거워 미치겠어요 한 여자가 소리칩니다 여러분,
정신병자가 발견되었습니다 어서 우산을 펴세요 그렇습니
다 우산이 양산이 되는 시절입니다 양산이 방패가 되는 시
절입니다 사람들이 우산 속에 대피해 있을 동안, 몸집 좋
은 남자가 그녀를 어깨에 걸치고 백화점으로 되돌아갑니다
신이시여! 발에서 뜨건 김이 푹푹 나고 있습니다 남자가 셔
터 틈새로 여자를 구겨 넣습니다 백화점 관리인이 잽싸게
달려와 그녀 몸에 바코드를 부착합니다 그녀는 내일부터
7층 쇼윈도에 전시될 예정입니다 사람들이 다시 걷기 시작
합니다 고기 굽는 냄새가 거리에 진동합니다 젊은이들, 조
금만 힘냅시다 다음 백화점이 멀지 않았어요 지팡이 든 노
인이 사람들을 독려합니다 그는 이번이 서른네 번째 순례
입니다 이 바닥에도 엄연히 베테랑이 존재합니다 걸을 때
나는 또각또각 경쾌한 소리가 그가 베테랑이란 것을 증명
해 줍니다 신이시여! 발바닥 뼈가 아스팔트를 두드리는 것
은 당신의 침실을 노크하는 신성한 행위입니다! 이번 순

례만 성공적으로 마치고 나면 노인은 백화점으로부터 평
생 할인 쿠폰을 받게 됩니다 그래, 뼈를 타고 올라와 이뿌
리를 시금시금 자극하는 것은 열이 아니라 신의 음성이다!
노인의 지팡이가 바빠지기 시작합니다 신이시여! 발이 뜨
거워 미치겠어요 신출내기가 또 일을 저지릅니다 몸집 좋
은 남자가 그녀를 마녀로 지목합니다 그녀의 얼굴에 비닐
봉지가 씌워집니다 신선도를 유지하기 위해서입니다 다음
백화점까지는 살아 있어 줘야 할 텐데 걱정입니다 사람들
이 다시 걷기 시작합니다 갑자기 아스팔트에서 연기가 피
어오릅니다 신이 노하셨다, 모두들 무릎을 꿇고 엎드려라!
노인의 입술이 부들부들 떨립니다 신이시여! 당신도 아시
다시피 순례에는 이따금 비상이 걸립니다 사람들의 손바닥
발바닥 무릎이 차례로 지져집니다 우산이라도 깔고 앉고
싶은 마음이 간절합니다 모두들 백화점 7층에 전시된 그녀
를 떠올립니다 차건 에어컨 바람이 그녀를 방부하고 있을
겁니다 신이시여! 사람들이 입을 열고 일제히 소리칩니다
온몸이 뜨거워 미치겠어요 도미노처럼 쓰러지는 마네킹들
을 뒤로하고, 몸집 좋은 남자가 다음 백화점을 향해 성큼
성큼 뛰어가기 시작합니다

엘리베이터

9:00 a.m.

　버튼을 누름과 동시에 우리는 끊임없이 산수에 시달려야 한다 우리가 관심 있는 건 오로지 숫자뿐이다 동료가 발을 들여놓는 순간, 우리는 반사적으로 여섯 자리가 넘는 구두의 가격을 셈하기 시작한다 사장이 들어오면 스트레스가 쌓이고 신입 사원이 들어오면 질투심이 들끓는다 우리는 계산하지 않고도 욕할 수 있지만, 보통은 이 모든 사람들과 결재하듯 인사를 주고받는다

　훈훈한 피조물의 입장에 우리의 페로몬 수치는 급상승한다 우리는 반사적으로 그의 외모와 그녀의 가슴에 점수를 매긴다 우리가 원하는 건 깨끗한 표피나 빵빵한 부피가 아니다 스프레드시트 위에 빽빽이 들어찬 숫자, 이것만이 우리를 안심시킨다 180-70이나 36-24-35 같은 수치만이 우리의 긴장을 극에 달하게 한다 우리가 침을 삼키며 숫자를 거꾸로 세는 동안, 엘리베이터는 정확히 한 단계씩 상승, 상승, 상승

12:00 p.m.

　우리는 웃으면서 점심 식사에 대한 이야기를 한다 사실 우리의 관심사는 무엇을 먹느냐가 아니다 우리는 얼마짜리를 먹을 것인가 하는 문제를 돌려 말할 줄 안다 그게 바로 우리의 교양 수준이다 우리는 머릿속으로 서로의 몸값을 재고 연봉 상승률을 비교한다 계산이 잘 안 풀리면 점심 값을 나누는 문제에 돌입해야 한다 식사를 앞둔 우리에게 중력을 거스르고 있다는 사실은 거스름돈보다 가치가 없다

　넥타이를 맨 우리는 주식시세에 대해 말을 주고받는다 치마를 입은 우리는 칼로리에 대한 정보를 공유한다 우리 사이에서 인정받는 건 10.5포인트나 378킬로칼로리 같은 구체적인 수치뿐이다 1층이 되면 누가 지갑을 열지 결정해야 한다 우리는 숫자에 의지하며 최대한 시간을 벌어야 한다 남은 하드디스크의 용량이나 보너스에 0이 몇 개 붙을지 계산하는 동안, 참을성 없는 누군가가 얼마, 아니 무엇에 대해 발설할 때까지

5:00 p.m.

하루치의 계산을 마치기 위해 마지막 입장을 한다 우리의 몸에서는 닭고기를 넣은 김치찌개나 김치를 넣은 삼계탕 냄새가 난다 우리는 구겨진 와이셔츠처럼 얼굴을 찡그린다 다행히도 우리는 책임을 회피하는 법을 안다 엥겔지수가 상승한 만큼 불쾌지수 역시 상승하고 있다 불행히도 우리는 비례에 대해서도 잘 알고 있다 가령, 학벌과 평균소득 사이의 관계에 대해, 인물값에 대해, 실업률과 물가 상승률의 상관성에 대해

그러나 여기는 아무래도 수상쩍다 F층과 7층이 합쳐져도 8층이 되고 1층과 3층이 합쳐져도 8층이 되다니! 우리는 디지털을 아직 제대로 이해하지 못했는지도 모른다 우리에겐 월급을 30으로 나눠 오늘 얼마를 벌어들였는지 계산하는 게 중요하다 이달의 전기세와 보험료를 고려해 저녁 식단을 짜는 일이 절실한 것이다 지상의 문이 열리고 오늘의 산수 교실은 비로소 막을 내린다 놀랍지 않은가, 이 모든 연산이 책상도 없는 1평짜리 공간 안에서 일어났다니!

에이즈

고등학교 학생부장 선생님의 별명
걸리면 죽어!
그림자만 슬쩍 비쳐도
발바닥이 닳을 정도로 꽁무니를 뺐다

A부터 Z까지
알파벳을 다 떼는 순간,
처음과 끝을 잇는
치명적인 선분이 탄생했다

처음이자 마지막이었다

세상에서 가장 위험한 유행
아무도 머플러를 두르거나
가죽 바지를 입지 않았다
감기에 걸리거나
색안경을 끼는 사람들만 남았다

세상에서 가장 불결한 고통

치질처럼 폭소가 터지지도 않았고
암처럼 눈물을 빼지도 않았다
손가락 모양의 빛살들만 쏟아졌다
문란한 리듬으로 탕, 탕, 탕

의사가 의사봉(議事棒)을 두드렸다
선택지는 두 개
목이 메거나 목을 매거나
피고도 원고도 없었지만
배심원들은 만장일치의 합의에 도달했다
이름 위에 선분 두 개가 그어졌다

세상에서 가장 낭만적인 괴물
예술영화에나 나올 법한 주인공은
A처럼 튼튼한 두 발로
I처럼 꼿꼿하게 걸었다
D처럼 I를 껴안으며
S처럼 구불거리는 미로를

처음이자 마지막으로

자신을 사랑할 수 있게 된 지
이제 불과 몇 초가 흘렀는데

선분의 끝이 길어지고 있었다
세상에서 가장 더딘 의식으로

어떤 날들이 있는 시절 3
— 속담으로 구성된 어떤 말놀이

어떤 날엔 눈만 감아도 석 자 코가 썩썩 잘려 나갔다 무심코 돌다리를 두드렸다가 핑계 없는 무덤에 매장되기도 했다 아니 땐 굴뚝이 한을 품으면 오뉴월에도 매연을 뿜었다 학교에서는 낫을 놓고 L자라고 가르쳤다 뛰는 놈 위에 나는 놈이 있었지만, 기는 놈만큼 생존력이 강하지는 않았다 뛰어 봤자 벼룩이었고 날아 봤자 배만 떨어졌다 벼룩의 간과 그림의 떡이 다이어트 식품으로 각광 받았다 진주목걸이를 한 여인들이 누워서 떡을 먹거나 침을 뱉었다 간혹 침이 웃는 얼굴에 떨어지면 당장 전쟁이었다 고래고래 소리를 지를 때마다 새우 등이 터졌지만, 등잔 밑이 어두워서 아무도 그 사실을 알지 못했다 어떤 날엔 다 된 밥에 재를 뿌리고 죽 쑤어 개 주는 게 유망한 직종으로 여겨졌다 개는 대개 게 눈을 감추고 게걸스레 개밥을 먹었다 개밥 속 숨겨진 도토리를 찾으면 서당에 살지 않아도 풍월을 읊을 수 있었다 첫술에 배불러 지레 똥을 지리는 개도 있었다 약은 인간들이 개똥에 모르는 것을 첨가해 약을 제조했다 달면 삼키고 쓰면 뱉을 수 있어 감초보다 약방에서 인기가 좋았다 어떤 날엔 얌전한 고양이가 스스로 방울을 달고 부뚜막에 오르는 모습이 목격되었다 밤말을 듣던 쥐

가 놀라서 나자빠졌지만, 그 순간에도 뒤로 호박씨를 까는
건 잊지 않았다 종이호랑이가 낮말은 가재가 듣고 반말은
게가 들으라는 명령을 내렸다 선택받지 못한 우물 안 개구
리들이 종이호랑이를 맞들었지만 상황은 나아지지 않았다
어떤 날엔 다홍치마 때문에 가재가 게를 배신했다는 말이
돌기 시작했다 말 속에 뼈가 있어서 신중하게 발라 먹어야
만 했다 반말을 하다가 걸리면 어김없이 목구멍에 끌려가
서 말의 구슬을 꿰는 벌을 받았다 벌을 받는 동안만큼은
마른하늘 날벼락에 콩을 볶아 먹었다 친구 따라 강남에
갔지만, 바늘을 훔쳐 담을 넘다가 소도둑이 된 구렁이만
만났다 쥐구멍에는 볕 대신 병이 들었고 고생 끝에 찾아온
건 낙이 아니라 막이었다

폭력의 역사

빗방울 하나가 눈두덩에 떨어지면 우리는 쉽게 도발되었다
검은 우산을 들고 배트맨처럼 날아다녔다 허기가 거리
를 가득 메웠다 우리는 스파이, 빈틈을 좋아하지 않았다
무조건 노려야 하기 때문이다 군화 신은 고양이들이 스파
이더맨처럼 벽을 타 넘었다 배운 적이 없었는데도

큰북 소리가 들려오면 숨겨져 있었던 이빨들이 일제히
고개를 들었다 고기를 뜯고 너의 혀를 깨물던 바로 그 이
빨들
비가 내릴 때마다 우리는 잔뜩 뾰족하고 날카로워졌다
식욕이 넘치고 진창에서 뒹구는 상상을 했다 서로를 마주
보기가 겁이 났다 우리는 토끼와 거북이처럼 수상한 관계,
킹콩과 헐크처럼 서로를 참조하는 관계, 우리는 우리에게

토끼는 거북이에게
킹콩은 헐크에게 물었다
한 끗 차이로 운명이 뒤바뀐 일들에 대해 알고 있는가
마귀와 까마귀가 왜 한통속인지
메기와 갈매기는 왜 만나지 못하는지

배가 아파서
아무도 입을 열지 않았다

딴청을 피우며 리모컨을 누르거나 페이지를 넘겼다 그래
도 다이얼을 돌릴 때마다 손끝이 떨리는 건 어찌할 수 없
었다 무시무시한 무시를 당하고 시들시들한 시들을 적었다
마치 토끼는 거북이처럼, 마침 커다란 콩으로 변신한 헐크
처럼

얼굴이 화들짝 시큰해지기도 했지만, 우리는 우리에게
밥알을 씹을 때만큼은 귀족처럼 이빨을 보이지 않았다
배트맨과 스파이더맨이 아이언맨의 습격을 받자, 우리는 우
리에게

숨겨 왔던 서로의 흉터를 보여 주었다
검은 우산을 접고, 군화를 벗고
생생하게 물었다
언제 날 베어 물었는지 기억하니?

빗방울이 나를 선택한 순간,
뜨문뜨문 얼굴에
빈틈이 돋아날 운명이었지

배가 고파서
아무도 입을 닫지 않았다

3부

구체적인 밤

21세기 어린이

버릇이 없다고 하더군요. 눈이 또랑또랑하다는 사람도 있고 벌써부터 싹수가 노랗다고 하는 사람도 있습니다. 어른들의 안목은 왜 이리 차이가 날까요? 나는 그냥 아름다운 게 아름다운데. 골치 썩는 일이 한두 개가 아닙니다. 이런 식이라면 맑고 푸르게 자랄 수가 없어요. 비단 매연이나 폐수 때문만은 아닙니다. 차라리 숨을 참고 물을 마시지 않겠어요. 다부지다는 사람도 있고 개념 없다는 사람도 있습니다. 나는 그냥 할 말을 할 뿐인데요. 억울한 일을 열거하자면 열 줄짜리 일기장이 모자랄 지경입니다. 넉살이라는 사람도 있고 엄살이라는 사람도 있습니다. 오늘 배운 단어로 표현하자면, 딜레마에 빠진 거라고 할 수 있죠. 똘똘하다는 사람도 있고 말세란 사람도 있습니다. 왜 세상 망한 책임을 나한테 뒤집어씌우는지 당최 모르겠어요. 사는 게 쉽지가 않아요. 잘 아시잖아요.

지하철을 탑니다. 초록색은 2호선, 주황색은 3호선. 어렵지 않아요. 대가리가 있다면요. 학원을 오가는 시간은 지루할 새가 없어요. 어른들이 벌이는 쇼를 보고 있노라면 킥킥 웃음만 터집니다. 대낮부터 코를 골지 않나, 하얀 속

살만 보면 군침을 흘리지 않나, X자로 손을 꼬고 Y자로 앉아 있지를 않나. 누가 자기가 남성이라는 거 몰라요? 개인적으로 참 못났다고 생각합니다. 꿈이 없는 것 같다는 거죠. 저 사람들도 소싯적에는 대통령이 되고 싶었을까요? 머리가 지끈거리고 다리가 쑤십니다. 정신도 아프고 몸뚱이도 아픈 거예요. 어떡해야 할까요? 아저씨, 자리 좀 양보해 주세요. 저는 미래의 희망이라고요! 아무도 들어주지 않습니다. 클 때까지 기다려야 하나요? 이건 정말 아니라고 봐요.

백화점에 가서 안구를 정화합니다. 나는 하이힐도 신고 싶고 핸드백도 메고 싶어요. 소꿉놀이가 유행한 게 대체 언젠데요. 바비 인형은 대리 만족도 되지 않아요. 명랑하다는 사람도 있고 맹랑하다는 사람도 있습니다. 난 단지 나를 가꾸고 싶을 뿐인데 말이죠. T팬티를 입은 기분이 어떨지 지금 당장 알고 싶단 말입니다. 조숙하다는 사람도 있고 당돌하다는 사람도 있습니다. 콧수염 난 피터 팬보다는 애늙은이가 백배쯤 낫지 않나요? 어리다고 점원이 무시합니다. 서비스에도 정신이 있는 법인데, 아주 본때를 보여 줘야겠어요. 눈을 홉뜨고 골드 카드를 들어 보입니다. 그제야

등이 좀 구부러지네요. 이거 보세요, 나는 법 없이도 살 사람이에요. 아니, 그래도 소비자보호법은 있어야 합니다. 지고는 못 사는 성격이거든요. 이기고 맘에 드는 물건을 삽니다. 카드 읽히는 소리는 언제 들어도 짜릿합니다. 이래 봬도 엄마한테 맞아 죽을 각오도 해 본 사람이에요. 따봉이라는 사람도 있고 킹왕짱이라는 사람도 있습니다.

문득 궁금해집니다. 나의 이름은 과연 몇 개나 될까요? 나의 표정은, 나의 감정은, 나의 인격은. 세상의 모든 이름과 법칙을 배우려면 얼마나 더 성장해야 할까요? 기특하다는 사람도 있고 꿈도 야무지다는 사람도 있습니다. 대체 누구 말을 믿어야 할까요? 지식인에게 물어보면 속이 좀 시원해질까요? 하루하루 의심만 늘어 갑니다. 이러다 확 늙어 버리면 누구한테 하소연하죠? 나는 제대로 된 입맞춤도 아직 못해 봤는데.

이상한 곱셈

바나나를 일곱 개 훔쳐 먹고
기지개를 세 번 켜자,
나는 이미 스물한 살이었어요

우유 우유 우유 하면
젖소가 될 지경이었죠

원숭이 볼기짝을 걷어차고
체리 나무 아래서 잠을 잤더니,
다음 날엔 까만 수염 신선이 되어

산꼭대기서 엄마를 테누토로 네 번 불렀죠
(엄마아 엄마아아 *엄마아아아* **엄마아아아아**)
땅속에서 막내가 기어 나와

죽은 쥐며느리 세 마리를
내 양쪽 콧구멍에 집어넣었죠

원숭이가 항문을 열고 닫을 때마다

잘 익은 체리가 한 알씩 떨어졌고

내 얼굴엔 뿔긋뿔긋
여드름이 돋기 시작했어요

바로 그때,
거인이 된 막내가 수상하게 웃으며
우유 묻은 입가를 손등으로 쓱 한 번 훑는 것이었습니다

포크댄스

손을 맞잡고 그네를 타듯

떨림이 있다는 것은 스타일,
허벅지가 드러나게 치마를 접어 입는 것도
윤기 나는 강당 바닥을 스르르 미끄러지는 것도
치마가 들썩여 짝지의 볼을 붉히는 것도
옥타브 조절에 실패한 웃음이
불협화음을 일으키는 것도
처음 하는 도둑질도 아닌데 손발이 맞지 않는 것도
불현듯
그넷줄이 끊어지는 바람에

선생이 호루라기를 길게 불어
아이들의 즐거움을 앗아 가는 것도
떨어진 두 손이 어색하게 등을 돌리는 것도
때마침 종이 울려 강당에 10분 휴식이 찾아오는 것도

불을 살리고 죽이는 것은 결국
한 줄기 바람인 것처럼

플럭서스 요술사들

아침에는 쥐를 가지고 변신술 연습을 합니다 황금알을 낳는 당나귀가 몇 마리 필요하거든요 버드나무 가지를 하나 꺾어 능청능청 휘두릅니다 복잡한 주문 대신 프루스트의 잠언을 읊기도 해요 쥐들에게 최면 거는 데 아주 효과적이거든요 어떤 쥐들은 잃어버린 시간 속에 갇혀 깨나지 못하기도 합니다 그럴 땐 볼기짝을 찰싹찰싹 때려 줘야 해요 놀란 쥐들이, 아니 당나귀들이 항문을 벌름거리며 황금알을 오르르 쏟아 냅니다 이걸 장에 내다 팔면 아마 독이 든 사과를 살 수 있을 거예요

점심을 먹으면 집집마다 도배를 해야 합니다 미녀가 오기 전까지 벽에 초콜릿을 칠해야 하거든요 미녀는 숲 속에서 아마 잠자는 척하고 있을 거예요 이래 봬도 피터 팬의 키스를 기다리는 전근대적인 로맨티시스트랍니다 도배가 끝나면 비로소 유리 구두 만드는 연습을 할 수 있어요 잿더미에서 까만 콩들을 집어내 빨간 모자에 넣고 입김을 훅 불어넣습니다 너무 세게 불면 말하는 거울이 나와서 당신을 놀래 줄 겁니다 종일 귀에 대고 할리우드 가십들을 줄줄 읊어 댈지도 몰라요

해가 떨어지면 나무를 짊어진 선녀들이 도착합니다 이 나무들로 군불을 때야 겨울을 따뜻하게 날 수 있습니다 너무 추운 마을에는 산타가 찾아오지 않거든요 산타는 의외로 깐깐해서 키가 큰 아이들에게는 선물을 주지 않습니다 결국 보디가드가 꿈인 일곱 명의 아이들조차 키가 자라지 않는 약을 먹어야만 했어요 속없는 어떤 여자애들은 산타 오빠에게 잘 보이려고 바닥에 닿을 때까지 머리를 기르기도 합니다 긴 생머리에는 어떤 요술도 소용없어요 그저 밤마다 엄마 몰래 야한 비디오를 보는 게 최고지요

저녁 메뉴는 인어 구이입니다 인어를 구워 다른 건 다 버리고 목소리만 먹는 거예요 MP를 올려 주는 데 이만한 음식은 없습니다 MP가 높아야 다음 달에 열리는 오즈의 마법사 배 요술 경연 대회에 참가할 수 있어요 매년, 우승자에게는 엄지 왕자가 부상으로 주어집니다 산타 오빠의 터프함을 싫어하는 여자애들은 독기를 품고 인어를 뜯어 먹어요 메트로섹슈얼 엄지 왕자는 대도시에서 싱싱한 상태로 특급 배송됩니다 그는 자신을 구해 줄 누군가가 이 세계 어딘가에 있다고 굳게 믿고 있어요

그 순간, 이웃 마을에선 얼굴이 새하얀 공주가 태어납니다 마을마다 눈발이 흩날리고, 드디어 아, 기다리고 기다리던 이야기가 시작됩니다

모기를 잡는 연이

모기를 잡는 연이,
창문을 열고
딸기 주스를 꺼내 마십니다
주둥이를 늘여 빼
근사한 빨대도 만들었어요
엄마는 모릅니다
밤이 되면
연이의 주둥이가 얼마나 길게 늘어나는지
새콤달콤 딸기 주스
바닥까지 쭉쭉 어찌나 잘도 빨아 먹는지
자기 전에 엄마의 이마에 키스하며
엄마, 사랑해요
연이는 맑은 눈으로
언제든 벌레만 보면 소스라칠 수 있다는 듯이
엄마는 또
하나밖에 없는 우리 딸
벌레들 와글거리는 바깥에 내보내기 싫어
문도 잠그고 창문에 빗장도 걸어 놨는데
모기를 잡을 연이,

용케 빗장을 풀어
밤마다 모기들을 불러 모읍니다
아, 배은망덕하게도
연이는 이미 맛을 알아 버렸어요
엄마, 사랑하지만
딸기 주스를 먹지 않고는 살 수 없어요
주둥이에서 뚝뚝 떨어지는 침을 닦으며,
연이는 호젓하게 말하는 거예요
엄마를 가지고 딸기 주스를 만들 수는 없잖아요
핏기 없는 뽀얀 손으로
모기를 잡은 연이,
모기 배를 꾹 눌러 원액을 채집하고 있을 때
엄마는 에이스 침대에 누워
행복하게 뒤척일 겁니다
세상 물정 모르는 우리 딸
지금처럼 밝고 건강하게 자라 줬으면
벌레들 모르게
엄마랑 단둘이 평생 살았으면
연이는 소스라치며

눈이 뻘겋게 달아올라
실은 엄마, 사랑해요
새콤달콤 딸기 주스
모기만 한 목소리로 점점 움츠러드는 겁니다

개로 태어나 황소처럼 살다 고양이로 죽다, 톰

룰렛이 돌아가기 시작하면
나는 순순히 성난 황소가 돼요
침을 질질 흘리며
블루칩을 향해 슬슬 대가리를 들이미는 거죠
니코틴 옐로 이빨을 드러내며 씩,
한 번 웃어 주면 여기저기서 찍찍,
쥐새끼들 우는 소리 들려요
순진하게 생긴 놈 하나 잡아다가
눈알을 콱, 뽑아 버릴까요?
개들 눈알 속 스타사파이어가 기지개를 켜며
빤짝거리는 걸 참을 수 없어요
심장은 곧장 경쟁 모드로 돌입해
나보다 먼저 달리기 시작합니다
너는 이길 수 있어, 이길 수 있어, 이길 수 있어
인디언들의 속삭임, 북을 뚫고 나오면
나는 기어이 개 눈알을 뽑아 버리는 거예요
라스베이거스의 파블로프, 평생
비루먹은 개처럼 헐떡거릴 줄 알았나 보죠?
눈 잃은 쥐새끼를 보고

씩씩한 쥐새끼들이 또다시 찍찍,
방정맞은 울음을 내고
잠깐의 정전, 그 환한 블랙홀 속에
나는 두 개의 데드 사파이어를 던집니다

룰렛이 돌아가기 시작하면
나는 순순히 성난 황소가 돼요
원반 위의 눈알은 덜덜 떨며 굴러가는데,
나는 포토제닉으로 서서 시가를 꺼내 뭅니다
핑퐁 볼처럼 튀던 눈알이
화난 블랙홀 속에 갇혀 버리고,
이리온 프리온
쥐새끼들이 주문을 외며
오메가 모양의 앞니를 세우고 내게 달려듭니다
고작 달러 몇 푼 잃었을 뿐인데도요!

자잘한 구멍들이 심장을 향해 돋아나
순식간에 에멘탈 치즈가 된 톰,
혀를 날름대며 제 몸을 핥다가

사르르 우르르
알제리산(産) 로열젤리처럼 녹아내리기 시작합니다

호텔 타셀(Hotel Tassel)의 돼지들

사람들의 음모는 언제나 아르누보식이었지요
이 말은 우리가 특별히 조심해야 한다는 겁니다
젊은 돼지들은 동의하지 않을 수 없었습니다
겁이 많고 눈이 커다란 데다 제법 순종적이었거든요
꾸불거리며 대가리 쳐들 기회만 슬슬 엿보는 거지요
저렇게 끼리끼리 모여 있는 걸 보면 몰라요?
젊은 돼지들은 침대 위를 뒹구는 마피아와 갱을 상상했
습니다
소름이 돋았지요, 요즘엔 유기농 비료를 먹고 있는데 말
입니다

늙은 돼지들은 구석에 누워 심하게 낄낄거립니다
약고 팍하고 야한 농담을 즐기죠
젊은 돼지들의 토실토실 오른 살을 부러워했고
항상 네 다리를 벌리고 잠잤습니다
인간의 아이가 태어날 때면 엉덩이로 꼬리를 뭉갠 채 잠
들었지요
너무 늙은 나머지 꿀꿀거리지 못하는 돼지들도 있어요
그들은 다만 낄낄거릴 따름이지요
늙는다는 것은 이렇게나 추하고 무서운 일이랍니다

보카 델라 베리타*

이런 날 아침엔 애시드 재즈를 들으며 Q로 시작하는 음식을 먹고 싶어요 아침을 해치우면 머리도 감지 않고 까르푸에 갈 거예요 선반 위에 놓인 스페인제 사탕 단지를 훔칠지도 모르죠 유통기한이 지나기 전에 사탕들을 해방시키는 거예요 나는 아직 소녀, 차근차근 작은 일부터 할 겁니다

느지막이 학교에 갑니다 나는 꼰대를 꼬박꼬박 선생님이라고 불러요 덕분에 한 달간 파마하는 자유를 얻었죠 지금은 수학 시간, 함수 그래프만 보면 백묵을 씹어 먹고 싶어져요 말을 할 때마다 입에서 하얀 연기가 폴폴 새어 나오는 상상, 나는 아직 소녀, 연애 말고도 즐거운 일은 많지요

안경잡이 수학 선생님이 묻습니다
3번 문제의 극한값이 얼마야?
나는 반말이 싫어요 나보다 키 작은 사람들한텐 존중받고 싶거든요
어서 대답하지 못해?
안경을 번뜩이며 꼰대가 다그치네요
선생님, 나는 몰라서 조용한 겁니다!

차라리 담뱃내 고약한 과외 선생과 반전 집회나 나갈걸,
오늘 처음으로 후회를 합니다

6교시가 끝나고 남자 친구를 만나러 신도림에 가요 니
콜라이는 신도림의 한 주점에서 아크로바틱 퍼포먼스를 하
지요 — 차력과는 엄연히 다르죠 — 니콜라이가 몸을 낮
춰 근사하게 인사할 때, — 교과서식대로 말하자면 — 성
호르몬이 왕성하게 분비됩니다 그의 건강한 팔뚝에 송골
송골 맺힌 땀방울들, 아! 나는 아직 소녀, 내면의 아름다움
따위는 관심 없어요

훔친 스페인제 사탕을 쭉쭉 빨며 니콜라이를 기다립니
다 그는 재주넘기를 하며 내 앞에 짠 도착하겠죠? 때때로
그의 몸짓을 역학적으로 분석하고 싶어집니다 그러려면 꼭
대학에 가야 할까요?

니콜라이는 언제나 푸르게 웃습니다 대체 그를 믿을 수
가 없어요 니콜라이, 네 눈에 든 마블링은 퍽 아름답지만,
난 네게 레몬 향 추파춥스를 주지 않을 테야 나는 아직 소

녀, 노란 혀를 길게 빼물며,
　　오늘 처음으로 다짐을 합니다

* Bocca della Verita: 이탈리아어로 '진실의 입'을 뜻함. 영화 「로마의 휴일」
　에 나왔다.

미필적 고의

죽을 먹어서 비가 왔나요? 아픈 척해서 엄마가 죽을 쒔나요? 학교 가기 싫어 아팠던가요? 따돌리는 친구 때문에 학교 가기 싫었나요? 잘난 척을 해서 따돌림 당했나요? 일종의 존재하는 방식인가요? 잘난 척 말입니다.

비가 내리고 거리마다 정이 넘치고 배가 고팠습니다. 사람을 죽였어요. 우발은 아니었어요. 배가 고팠다니까요. 어린애요. 놀랄 것 없습니다. 녀석도 배가 고파서 울고 있었거든요. 그래요, 어찌 감히! 어린애를 죽였습니다. 나보다 약한 존재가 개밖에 없었어요. 비가 죽죽 내리고 거리마다 정이 넘치고 배가 고팠습니다. 어린애를 죽여 죽을 쑤었습니다. 울면서 먹었어요, 배가 부를 때까지. 그저 완벽한 세상이 원망스러웠습니다.

숨은그림찾기 해 봤어요? 가을날, 햇빛 쏟아지는 벤치에서요. 하이힐은 나뭇가지에 걸려 있고 밤송이는 고슴도치 등에 업혀 있잖아요. 근데 우울한 당신은 어디 있나요? 낙엽을 들춰 봐도 말라 죽은 지렁이뿐인걸요. 뱃속에서 누군가 나를 두드리기 시작합니다. 당신인가요? 거기서도 여전히 혼자인가요? 소화되는 건 아픔이지 존재가 아니에요. 그러니 제발, 울지 말고 하나 남은 숨은 그림이나 같이 찾아봐요. 내 세포는 그만 갉아먹고요.

사과나무를 찾아 헤매고 있었거든요. 어디 있을까 생각했어요. 우리 둘 다 존재하고 싶었거든요. 참, 당신까지 셋인가요? 학교는 순전 엉터리니 결석 걱정은 하지 마요. 까짓것 따돌려 버리라고요. 뱃속에 옹크려 앉아 그저 가만히 귀 기울여 봐요. 숨은 그림들의 숨소리가 들릴지도 몰라요. 대체 지금 뭐하고 있느냐고요? 사과나무 심으러 가고 있잖아요, 당신과. 두고 보세요. 내일! 지구는 멸망할 겁니다.

다시 묻습니다. 존재하기 위해서 잘난 척했나요? 친구에게 따돌림 당했나요? 그래서 학교 가기 싫었나요? 아프거나 아픈 척한 적이 있나요? 멍청한 엄마는 멋모르고 죽을 쒀 주었다고요? 죽을 먹는데, 비가 죽죽 내리기 시작했나요? 그게 사람 죽인 이유가 될 수 있나요? 거리마다 이렇게 정이 넘치는데도요?

키스

아름다운 피조물 갑이
아름다운 피조물 을에게
기다란 모가지를 걸고
굳게 다문 을의 자물통에
말랑말랑한 열쇠를 밀어 넣을 때,
마찰력과 만유인력과 불가항력의
삼자대면이 시작되었다

갑의 아밀라아제가
을의 녹말을 분해하고
찰칵찰칵
눈을 감을 때마다
플래시가 터져
갑과 을은 조금 더 눈부셔지고

갑의 열쇠가 을의 열쇠를 휘감고
을의 열쇠는 피할 수 없는
염문에 휘말리고
두근두근

열쇠가 미끄러질 때마다
목울대가 떨려
갑과 을은 조금 더 벅차오르고

스물여덟 개의 건반들이
서로를 치고 켜고 주무르고
음악에 취한 나머지,
아름다운 피조물 갑과 을은
건반이 하나 더 생겼다는 것도 모르고
자신들이 아름답다는 사실마저
까맣게 잊어버리고

자물통에서 빠져나온 열쇠가
각자의 자물통 속으로 들어가고
갑의 모가지는 짧아지고
을의 자물통은 굳게 닫히고
화학과 물리학과 생리학 수업을 마치는 종이
부끄럽게 울렸다

뒤돌아선 갑과 을이
등을 맞대고 서 있는 동안,
갑의 그림자가 을의 그림자 위에
슬며시 포개져 있는 동안,
관성의 법칙 속에서
정지된 시간 속에서
지구가 자전하는 동안,

저 멀리
아름다운 피조물 병과 정이
난생처음 열쇠를 주고받으며
미학에 입문하고 있었다

구체적인 밤
―― 리처드 브라운*의 경우

수염이 3mm/s의 속력으로 자라나고 있었다 정확히 24초
후면 남자가 도착할 것이다 예처럼 세 번 현관문을 노크하
겠지 처음 두 번은 가볍고 경쾌하게, 나머지 한 번은 길고
둔중하게 물론, 문은 통째로 떨 것이다 *문이 떨면 모든 것
이 떤다* 집 안의 가구들도 일제히 움찔하고 의자에 앉은
내 엉덩이도 흔들리겠지 냉장고의 무게는 150kg, 오븐의 무
게는 50kg 냉장고는 꼭 오븐의 3분의 1만큼 떨 것이다 문
까지의 거리를 따진다면 한 7분의 2쯤 떨 수도 있다 그런
데 왜 200g 슬리퍼는 날지 않는가 중력 얘기는 골치 아프
니까 오늘만큼은 하지 말자

남자의 보폭은 오늘 40cm가 채 되지 않는다 평균 보폭
을 밑도는 수치다 꽉 끼는 가죽 바지를 입었거나 새로 산
구두를 신은 게지 결국 남자가 도착하기까지 2초의 여유가
생겼다 하품을 하고 나니 상대습도가 73%를 막 넘어섰다
고 달력이 말해 주었다 불쾌지수도 조금 상승했을 것이다
그러나 오늘이 일요일임을 감안한다면 어제와 별 차이가
없을지도 모른다

남자가 도착하기 7초 전, 창문을 열고 밤하늘을 바라본다 아기는 어떻게 생기는 거냐고 꼬치꼬치 캐묻고 다니던 시절, 9시 이후는 밤이라고 한다는 걸 알아냈다 세계 인구의 69.5%가 그렇게 믿고 있다 사실, 아프리카와 남미 몇 개 국가는 조사 대상에서 제외되었다 그들은 항상 10시와 12시 사이에 산다

백혈구 수치가 8199개가 넘은 것은 방금이었다 1개만 더 늘어나면 나는 백혈구과다증에 걸리게 된다 먼셀표색계에 따르면 밤하늘은 지금 5PB2.5/4의 색을 띠고 있는 중이다 1882년 1월 25일** 오후 9시 23분의 하늘색과 정확히 일치하는 셈이다

이윽고 남자의 주먹이 현관문을 두드리기 시작한다 예상 시간보다 0.7초 늦었지만 100m 달리기가 아니므로 큰 문제는 되지 않는다 가구들은 막 떨기 시작했을 것이다 마른바람이 창을 통해 들어와 상대습도를 71.5%까지 끌어내린다 불쾌지수도 따라서 조금 하락했을 것이다 *요컨대, 모든 문제는 상관이 있다*

남자는 3N/m²의 압력으로 자꾸만 문을 떼밀고,

창밖으로 밤하늘을 바라보는 내 눈은 살짝 슬프다 이는 어제의 나도, 내일의 너도 가질 수 없는 감정이다 소유권은 오로지 73.5(+α)mm 길이의 수염과 8199(+β)개의 백혈구를 가진 사람에게 있다 *이 순간, 나는 유일하다!* 상대습도가 50% 이하였다면 나는 아마 기뻤을지도 모른다 열 받은 남자가 문을 부수기 직전, 나는 창문 밖으로 힘껏 뛰어내린다 하늘에게는 뛰어오르는 모습으로 보일 것이다 그런데 200g 슬리퍼는 끝내 날지 않았는가?

* 마이클 커닝엄(Michael Cunningham)의 소설 『세월(The Hours)』에 등장하는 작가.
** 버지니아 울프(Virginia Woolf)의 생일.

동시다발

눈 푸른 선생이
등 푸른 생선을 먹고 있을 때였다
고양이가 짧게 울었다
쥐도 새도 모르게 쥐가 죽어 버리고
새가 하늘에서 배영을 하기 시작했다
비가 쏟아졌다
불투명한 것들이 단숨에 거덜 났다
아무것도 없는 여기로
네가 사선으로 걸어와
세계가 삼각형을 이루었다
사냥꾼이 소리를 질렀다
쥐도 새도 모르게 새가 죽었지만
그 누구도 표정을 짓지 않았다
180도 안에서
지분을 나누는 문제에 돌입하자
우리는 잠시
파렴치하고 어리둥절해졌다
비가 그쳤다
사냥꾼이 그림자를 끌고 달아났다

고양이가 아쉬워하는 표정을 지었다
눈을 감았다 떴을 뿐인데
눈 푸른 선생이
뼈만 남은 생선의 등 색깔을 잊어버렸다

4부

존재하려는 경향

섬

눈 감고 네 발 전체를 섬이라고 상상해 봐 이를테면 열도 같은 거 사람들 사이에 섬이 있다는 말은 거짓이 되지 섬은 바로 네가 품고 있는 거니까 양말을 벗고 욕조 안으로 들어가 봐 물을 콸콸 틀어 놓고 슬그머니 발을 밀어 넣는 거야 섬에 비가 내리니? 폭포가 쏟아지니? 차가워서 흠칫 놀란 모양이구나 네 발이 파닥파닥 튀고 있잖니 걱정 마 네 섬에는 물고기들이 살고 있는 거니까 푸른 등을 가진 물고기들, 지금부터 일제히 솟구친다 알겠지?

그 섬에 가고 싶니? 굳이 누굴 찾아갈 필요는 없어 섬은 바로 네가 품고 있는 거니까 이제 네 손을 다리라고 상상해 봐 가만히 다가가 발을 고옥 쥐는 거야 마른 손이 젖은 섬에 가는 길, 마른 네가 젖은 네게 가는 길, 열리고 있니? 내가 뭐랬니 푸른 이끼들이 힘줄을 타고 네 심장을 향해 달려오고 있잖아 너는 이렇게 푸르러, 푸르러, 푸르르다구! 준비됐다면 눈을 떠도 좋아 자, 이제 건너갈 수 있지?

0.5

처음에 당신은 나를 시력이라고 불렀어요 시월이 되자 나는 아침 기온이 되었고 당신의 샤프심 굵기가 되어 매일 같이 학교에 갔죠 첫눈이 오던 날, 나는 강설량이 되었고 생물 시간에는 페하나 소금물 농도로 둔갑했어요 다이어트를 시작한 당신, 나를 저칼로리라고 부르다가 하루치 감량 체중으로 설정했지요 어느 날부턴가 당신은 나를 당신의 남자 친구로 임명했고 커플링 무게가 된 나는 당신의 약지에 의지하며 겨울을 났죠 당신의 고삼 시절은 내가 가장 바쁜 시기이기도 했어요 표준편차가 되었다 $sinA$의 값이 되었다 정신없었거든요 졸업 시즌엔 전광판의 대학 경쟁률이 되어 밤새 껌뻑거렸어요 대학에 들어가 플라톤을 배운 당신, 나를 덜 존재한다고 업신여겼죠 나는 당신의 구 버전 소프트웨어가 되어 책상 서랍에 처박혔어요 그러다 시를 쓰기 시작하면서 당신은 나를 본격적으로 잊어버렸죠 내가 없이도 세상을 부를 수 있게 된 거예요 현재완료였던 나는 일순 대과거로 까마득해졌죠 이제 렌즈를 낀 당신은 시월의 찬바람을 맞고도 나를 떠올리지 못해요 만년필을 쓰는 당신, 샤프심이 끊어질까 위태로웠던 순간들을 기억이나 할까요 눈이 내리면 당신은 눈만 봐요 눈이 얼

마나 내렸는지는 안중에도 없고요 남자 친구와 이별한 날,
당신은 약지에서 나를 빼내 쓰레기통에 휙 던져 버렸죠 그
리고 반쪽을 잃은 마음고생으로 살이 빠지기 시작했어요
어느 날 새벽, 비로소 나는 당신의 몸뚱이에서 완전히 분
해되었죠 가뿐해진 거, 당신도 느끼죠? 이제 나는 당신이
없는 곳으로 떠나려고요 홀로 더 존재하기 위해서 말예요

스타일

—— 김언 兄에게

과장할 것

똑같은 부사를 두 번씩 쓸 것

씩씩하게, 씩씩하게

형용사를 늘어놓을 것

환하고 화려하고 근사한

표정으로

썼던 것들을 바로 지워 버릴 것

백스페이스키와 친숙해질 것

과감해질 것

기하학과 천문학에 투신할 것

4차원일 것

안드로메다로의 여행을 두려워 말 것

하얀 와이셔츠 위에 하얀 넥타이를 맬 것

말레비치를 떠올리지 말 것

까만 와이셔츠 위에 하얀 넥타이를 맬 것

바넷 뉴먼을 떠올리지 말 것

하얀 넥타이 위에 하얀 와이셔츠를 입거나

하얀 넥타이 위에 까만 와이셔츠를 입을 것

아무것도 입지 않을 것 아예

부끄러울 것

부끄러움을 티내지 말 것

차라리 뻔뻔할 것

도박과 도발을 즐길 것

모방을 모방하면서

모방을 모반할 것

같은 문장이되

다른 문장일 것*

동어를 반복할 것

이어도 반복할 것

엎친 데 덮칠 것

문장과 문장 사이에

갈림길을 만들 것

선택의 문제에 골몰할 것

주인공이 가지 않은 길을 갈 것

주인공을 끊임없이 질투할 것

주인공과 끊임없이 결투할 것

변화할 것

일관성이 있을 것

변화에 일관성이 있을 것
아무도 구두점을 찍지 않는 시대에
최소한의 말로 살아남을 것
다이어트와 폭식을 되풀이할 것
묻고 또 묻고
묻는다는 것에 대해 또 물을 것
윈도를 켜고
바탕화면 휴지통에
에스트로겐과 테스토스테론을,
절대개념과 상대개념을,
이미지와 사운드를,
자음과 모음을,
나와 너를,
부장할 것

p. s. 과장에서 부장으로 승진한 사실을 최대한 은닉할 것

* 김언 「시집」.

당신에 관하여

당신은 지금 외롭다 당신은 헐벗고 굶주렸고 춥고 아프
다 머리가 지끈거리다가 무릎이 쑤시다가 발목이 결리다가
이가 시리다 당신은 지난 1년 새 식구들을 죄다 잃었고 보
험 사기단에 걸려 단단히 쓴맛도 보았다 다니던 고등학교
에선 절도 혐의로 쫓겨났다 뭇매를 맞고 교문 밖으로 내쳐
질 때 말리던 선생님도 없었다 천사인 줄만 알았던 양호
선생님은 침까지 퉤 뱉어 주었다 어려울 때 전화할 친척들
도 없었다 아니 친척들의 전화번호가 없었다 하나같이 영
구 결번이었다 당신은 통장 같은 걸 가져 본 역사가 없고
우유 급식을 해 본 기억도 없다 저축일이 되면 새집 지은
머리만 자꾸 긁적였다 눈치 없는 새들은 비듬 같은 알들을
무턱대고 까댔다 기름진 비듬을 훌훌 털어 내면 주위에 있
던 아이들은 어느새 사라지고 없었다 짝꿍이 결석했을 때
남은 우유도 당당히 차지하지 못했다 용기가 없어서였다
힘이 없어서였다 주변에 힘세고 용기 있는 친구가 없어서
였다 오락실에 가도 동전이 없었다 지폐를 바꿔 줄 오락실
주인이 없었다 사실은 동전이고 지폐고 돈이 없었다 눈 씻
고 찾아봐도 바닥에 떨어진 동전 하나 없었다 돈 몇 푼 뺏
기고도 울지 않는 꼬마들이 없었다 실은 일러바칠 엄마 아

빠 없는 꼬마들이 없었다 그리고 1년이 흘렀다 그간 당신은 터를 잡고 앉아 행인들의 관상이나 사주팔자를 봐 주었다 전화기로 사진을 찍는 이 시대의 사람들은 점술 따위를 보려 하지 않았다 당신은 앞으로 뭐 먹고 살까 궁금했지만 정작 당신 자신의 점은 보지 못했다 사주 같은 건 버린 지 오래였기 때문이다 가끔 당신을 측은히 여긴 국밥집 주인이 시래기 듬뿍 얹어 국밥을 말아 주면 당신은 허발을 하고 덤벼들었다 그 시래기들도 벌써 다 소화되고 없다 뜨스웠던 국물도 어느 담벼락에 스며든 지 오래다 국밥집 할머니도 이제는 죽고 없다 국밥집이 있던 자리엔 빙수집이 들어섰다 그리하여 당신은 지금 당장 퇴근하고 들를 단골 술집 하나 없다 실은 다닐 회사가 없다 같이 술 마실 친구가 없다 술 마실 친구의 여자 친구도 없다 그 여자 친구 앞에서 잡을 폼도 없다 인연 같은 게 아예 없는 거다 근사한 양복이나 고급 구두가 있을 리 없다 설사 있다 한들 입고 갈 데가 없다 당신은 오늘 낮, 마지막 재산이었던 토정비결을 팔아 빙수를 사 먹었다 헐벗은 자에게 빙수는 무던히도 찼다 따라서 당신은 춥다 당신은 외롭고 방금까지 혀가 지독히 아렸다 무엇보다 당신은 지금 너무나 배가 고프다 당

신, 호주머니에 손을 집어넣어 지갑을 꺼낸다 그러나 아뿔
싸! 당신은 지갑이 없다 지갑에 든 돈이 없다 이쯤 되면 당
신이 슬플 이유는 충분하다 슬퍼서 눈물을 흘리려는 찰나,
당신은 당신이 눈물샘이 없다는 걸 안다 어떤 소설도 당신
인생만큼 슬프지 않을 것이다 그러나 운도 참 없지, 당신은
글재주도 없다 콱 죽어 버려서 보험금이나 타 먹을까? 아
쉽지만 들어 놓은 보험도 없고 보험 수혜자도 없는 당신이
다 당신은 허영허영 슈퍼로 걸어 들어가 뜨신 호빵을 열째
게 욱여넣는다 하얀 우유도 꺼내 벌컥벌컥 들이켠다 놀란
주인 여자가 경찰을 부른다 당신은 체포되고 욕도 한 사발
얻어먹을 것이다 아무도 당신을 동정하지 않을 것이다 당
신은 뤼팽이나 장 발장이 아니다 친척들은 더욱더 몸을 꼭
꼭 숨길 것이다 혀가 좀 나아지는가 싶더니 갑자기 배가
아프다 천사 같은 양호 선생님이 루주 섞인 침을 당신의
엉덩이에 퍽 꽂는다 놀란 당신, 물고 있던 우유와 빵을 다
토해 낸다

존재하려는 경향

소년은 손톱으로 자꾸만 책상을 긁는다 내 눈이 아름다
운 걸 선생님은 왜 알아주지 않는 걸까? 푸른 눈을 끔벅이
며 손톱의 때를 쪽쪽 빨아 먹어 보았지만,
선생님은 샤프심 한 번 부러뜨리지 않고 이차방정식 예
제를 간단히 풀었다

연습 문제 풀이를 시켜 놓고 선생님은 자리를 뜬다 의자
의 오른발들이 파열음을 내며 뒤로 미끄러졌다 나만 두고
어디 가는 거예요? 소년의 블루 사파이어 한 쌍이 애원하
듯 빛났다 침대 맡에 세워 둔 로봇의 팔이 떨어져 나가는
소리가 들렸다 선생님은 몸을 숙여 바닥에 난 할퀴어진 자
국을 쓰다듬기 시작했다

마지막 문제를 풀다가 소년은 무심결에 창문을 바라보
았다 유리에 비친 자신의 눈은 실로 아름다웠다 창가로 다
가가 어루만지자, 그렁그렁
방 안에 물이 차오르기 시작했다 떨어진 로봇의 팔에서
아주 잠깐 경련이 일었다

　1층의 엄마는 최신호 《보그(Vogue)》를 넘기다 전화기를 들었다 동굴 속으로 바람이 불어와 엄마는 문득 막막해졌다 샤르도네(Chardonnay)를 석 잔째 마시고 안주용 포푸리를 무심하게 씹었다 ……아리엘?* 혀끝에서만 맴돌던 이름**이 스스로의 결심에 차서
　어느 순간 툭, 하고 튀어나왔다

　선생님이 흠뻑 젖은 몸으로 계단을 내려오고 있었다

---

* 윌리엄 셰익스피어(William Shakespeare)의 희곡 『템페스트』에 등장하는 공기의 요정.
** 파스칼 키냐르(Pascal Quinard)의 소설 제목 『혀끝에서 맴도는 이름』에서.

얼룩말

어떤 여자는 하얀 잉크로 글을 쓴다
하얀 종이에 하얀 잉크로
젖퉁이가 퉁퉁 불어 오를 때까지
다섯 손가락이 똑같이 아프고
똑같이 고통스러워질 때까지
하얀 잉크 한 방울이 하얀 잉크 한 방울일 때까지
방울방울이
하얀 종이 위로 스며들어
희미한 냄새로, 더 희미한 얼룩으로 사라질 때까지
희미한 냄새가 퍼지고 퍼져
파삭파삭해진 사람들 깨울 때까지
더 희미한 얼룩이 스스로 배를 갈라
뜨덤뜨덤 말을 할 때까지
얼룩-말이 되어 하얀 종이 위를 힘차게 미끄러질 때까지
바탕과 얼룩이 통째로 하얀 말
당신의 역사 속으로, 당신의 기억 속으로
하얀 종이보다 더 하얀 종이가 될 때까지
말레비치의 사각형보다
더 하얘지고 더 예민해질 때까지,

하얀 종이에 하얀 잉크로
어떤 여자는 어떤 여자에게 더 가까이 다가가기 위해
얼룩말이라고, 썼다

연인

미세한 빛살들 사이로 은빛 가루가 푸르르 날아올랐다 알루미늄은 중금속이 아니니까 몸에 해롭지 않아, 걱정하지 않아도 돼 곧게 뻗은 빛살들을 손으로 가볍게 밀어내고 그가 은빛 가루를 콧속 깊숙이 빨아들였다 주위에 있던 은빛 가루들이 천장을 향해 도망했다 내 눈을 잘 봐, 사람의 기관은 서로 연결되어 있대 그의 눈동자에서 소리 없는 폭죽이 연방 터지고 있었다

문을 열어 두면 곧 그이가 들어올 거예요 그러면 나는 벽에 난 문을 통해 옆방으로 살짝 들어갈 생각입니다 약빠른 그이가 나를 따라오면 나는 또다시 옆방의 입구를 출구 삼아 복도로 피신할 거예요 벽에 등을 딱 붙이고 한껏 몸을 우그립니다 그리고 자박자박 복도를 자극하는 그이의 구둣발소리를 듣습니다 이제 슬슬 옷가지를 챙겨 옆방으로 가야겠어요 그이는 항상 문 앞에서 열쇠를 찰랑거리는 버릇이 있어 시간은 충분할 거예요 아뿔싸, 그이가 창문을 열고 집 안으로 들어옵니다 이로써 바깥세상에 우리의 비밀스러운 놀이가 노출되었습니다

잘 짜인 빛 속을 걸어 들어갔어요 바깥세상이 이렇게
가지런할 줄은 몰랐습니다 나는 기관처럼 연결된 길들을
임파(淋巴)처럼 흘러 다녔습니다 잘 닦인 구두 같은 건 필
요 없어서 쓰레기통에 처박아 버렸어요 빛의 가닥들이 온
몸을 휘감는 게 느껴졌습니다 주머니에서 알루미늄 열쇠
를 꺼내 배꼽에 집어넣었어요 몸 구석구석에 있는 빗장들
이 힘없이 풀리는 소리가 들렸습니다 그녀와 이 현장을 나
누고 싶었습니다 황급히 담을 넘고 창문을 열어 집 안으로
들어갔습니다 팽팽한 빛살들이 쏟아지기 시작했어요 그녀
와 눈이 마주치자 문득 재채기가 터졌습니다 몸속에 있던
알루미늄 가루가 목구멍을 타고 허공을 향해 나비 떼처럼
솟아올랐습니다

디아스포라

야간작업은 2시쯤 끝나요 하품을 하며 셔터를 내리죠 늘 그런 건 아녜요 피곤할 때만 (피식) 사장은 좋은 사람이에요 어디서 왔는지는 저도 몰라요 젊을 적엔 뜨내기였을지도 모르죠 소문이 그래요 아시잖아요 (피식) 편의점에 들러 유리병에 든 피클을 사요 피클이 든 유리병을 사는 건가 (피식) 그냥 이 회사 게 특별히 입에 맞더라고요 잘 봐요 종업원과 눈짓으로 인사할 거예요 단골이거든요 실은 그의 목소리를 듣고 싶어요 친구가 뭐 별건가요 (피식) 비닐봉지를 흔들며 집에 가는데, 난데없이 행복한 거 있죠? 콧노래도 절로 나오고요 위를 올려다보니 벚꽃이 산산이 흩어지고 있었습니다 저것들, 날이 밝으면 익명의 구둣발에 또다시 채고 밟히겠죠? (피식) 근데 여기 왜 왔느냐고요? 사는 게 거지 같아서 왔죠 열이면 열, 다 그래요 고향 타령은 한가할 때나 하는 거죠 우리는 그저 생면부지로 왔다 생면부지로 가면 되는 거예요 (피식) 근데 추석이 요맘때쯤이었나? 여기는 양력만 쓰잖아요 물론 맘만 먹으면 쉽게 알 수 있죠 인터넷 없는 곳도 있나요 어디든 1초 안에 데려다 주잖아요 얼짱이 뭔지도 나는 진작 알았어요 (피식) 집에 탁, 들어왔을 때 불이 탁, 켜져 있으면 얼마나 좋을까요 꿈은 야무진 게 아니라 추한 거라고 누가 그러더군요 (피식) 후유, 밥이나 챙겨 먹어야겠어요 실은 하루 종일 얼마나 배고픈 줄 몰라요 (피식) 피클이랑 찬밥을 사발에 넣고 비빌 겁니다 고추장도 좀 넣고요 한번 들어 볼래요? 맛이 괜찮거든요 (피식) 기자 양반, 근데 아리랑이 뭔 뜻인가요? 엊저녁부터 저 말이 머릿속에 딱 붙어 떠나지를 않더라고요 (피식) 뭐요, 확실치 않다고요? 그럼 내 처지랑 별반 다를 게 없잖아요 (피식) 그냥 밥이나 먹으렵니다 허, 싱겁네

발생하려는 경향

순간이 도래하기까지
우리는 불길하다

횡단보도 앞에 서서
파란불이 켜질 때까지

몸은 앞쪽으로 기울어지고
너와 나는 조금씩 가까워지고
발끝에 온 신경을 집중한 채
마찰력과 만유인력이 팽팽하게 맞설 때까지

혹시 켜져 있을지도 모르는 가스 불과
근사한 연애,
마주 선 사람들의 벗은 몸 따위를 상상하며

심장의 BPM이 정점을 찍고
청색 신호총이 발사되어
약빠른 자가 가장 먼저 첫발을 뗄 때까지

제 몸을 찔러 줄 젓가락을 기다리는
설익은 감자처럼

제 몸을 채워 줄 펜을 기다리는
원고지의 빈칸처럼

순간이 도래하기까지
우리는
불길하게 방치되어 있는 것이다

탄성한계점

나는 팽팽합니다. 더 이상 늘어나고 싶지 않습니다. 말을 짧게 끊는 법을 잊어버렸어요. 마침표가 보이지 않습니다. 간혹 갈고리 같은 쉼표가 내 몸을 절단하는 생각에 바르르 떨곤 합니다. 나는 요렇게나 시시합니다.

당신의 두 손에 온몸을 맡기겠습니다. 절대 놓지 마세요. 밀고 당기는 데 필요한 탄성계수는 내가 구하겠습니다. 나를 놓으면 걷잡을 수 없게 된다는 사실만 명심하세요. 당신의 뺨을 후려칠 수도 있습니다. 그게 한번 늘어난 자의 운명입니다.

당신이 처음 내 몸을 늘여 빼던 순간을 기억합니다. 내 말이 길어지기 시작했지요. '사랑해'라는 말을 '너를 사랑해'라고 말할 수 있게 되었습니다. 말이 길어진 만큼 빼빼해져야만 했습니다. 이제야 나는 인어공주의 심정을 이해합니다.

늘어난다는 것은 사랑에 자신이 없어지는 것일지도 모르겠습니다. 나는 쉬지 않고 입술을 오무락거리지만, 가끔

씩은 이 게임을 끝내고 싶어집니다. 의지와는 상관없는 말들이 줄줄 새고 있습니다. 방금 나는 '아름다운 너를 죽을 때까지 사랑해'라고 거짓말했습니다.

더 이상 늘어날 수 없게 되면 어떻게 해야 할까요. 시간은 왜 한 방향으로만 흐르는지 모르겠습니다. 당신과 나의 대화가 일방적인 것처럼 말입니다. 긴장할 이유가 없어지면 나는 순순히 운명을 거역할 겁니다. 그 순간을 기억하십시오. 툭, 소리와 함께 팽팽한 내 몸이 공중으로 솟구칠.

나는 이제 끊어지기 직전입니다. 두 개의 시시한 자신(自身)이 되어 당신으로부터 까마득하게 멀어지겠습니다. 눈썹처럼, 갈매기처럼 날아가겠습니다. 우리가 사랑하기를 포기했다는 사실은 부디 잊어버리십시오. 마침표는 그렇게 함부로 찍는 것이 아닙니다.

갈고리가 날아옵니다. 3음절의 기다림과 1음절의 비명. 바르르, 툭,

타이밍

모텔 앞에서
9 곱하기 2는 뭐냐고 물을 때
흔쾌히 18이라고 대답했지요

9회말 2아웃에서 가볍게 삼진 아웃을
9시 2분 전에 무겁게 출근 도장을

점심에는 생선 구이를 먹었습니다
부채질을 하는데 불이 나 버리고
나 버리고 도망가던 남자 친구는

간혹 잠꼬대로 첫사랑 이름을
읊조리기도 했지요

다음 날 아침
콘플레이크를 먹는다고 칩시다
우유 밑으로 가라앉기 직전,
숟가락을 들이밀어 콘플레이크를 구합니다

고유한 물질성에 대한 예의
당신의 혀에 대한 예의
마지막 식사에 대한 예의

눈이 마주쳐도 결코 웃지 마세요

기가 막힐 때까지
절묘해질 때까지
완벽해질 때까지

욕설과 섹스에 능숙해지고
눈치가 상황을 압도할 때까지
이름 석 자를
2진법으로 표현할 수 있는 그날까지

언제나 처음 사랑하듯
우리는 수련, 또 수련

글러브

너를 깊숙이 끼고
생을 방어한다

내 심장을 관통하고
다음 타자를 쑤시기 위해 떠났던
한 톨 낱알의 아픔이

덕지덕지 덩이져
거대한 부메랑 되어 날아온단다
전속력으로 나를 찾아든단다

처 내지 못했으면 받아야 한다
피 묻은 혓바닥을 할딱거리며 돌진해 오는
저 또랑또랑한 형이상(形而上)과

지금은 마주칠 시간

아가리를 부릅떠
당당 맞서라 맘껏 포효하라

넙죽 받아먹어라

쓸 것이다

신경쇠약 직전의 남자

잉크가 새고 있어요
지배인을 불러 줘요

모든 게 엉망이에요
쥐들의 꼬리가 스륵스륵 천장을 쓸고
스탠드에선 녹물이 뚝뚝 떨어지는데
이 노골적인 방구석에서 벌어지고 있는

담배연기의 확산을
시곗바늘의 순환을
아이디어의 고갈을

당신이 어쩌겠어요

바깥사람들을 좀 보세요
롤러코스터를 타고 엿가락처럼 휘어지고 있는데
눈에서는 자꾸 잉크가 새고
원고지는 이백 개의 눈으로 나를 쏘아보고
안경을 써도 나는 오십 분의 일처럼 왜소하게 느껴지는데

벽에 붙은 벨을 스무 번째 눌러도
지배인은 오지 않아요
잉크가 다 새어 나가면 아침이 찾아올까요
아, 이 은밀한 몸에서 벌어지고 있는

소리 없는 오르가즘에 대해
고통 없는 마조히즘에 대해
규칙 없는 알고리즘에 대해

당신이 뭘 언급할 수 있겠어요

잉크가 새고
녹물은 흐르고
담배연기는 퍼져 나가고
사람들의 몸은 쭉쭉 늘어나고

나는 점점 왜소해져
원고지 프레임에 갇힐 것만 같은데
멜라닌 결핍으로 눈앞이 캄캄하기만 한데

이제 겨우
스물한 번째 벨을 눌렀을 뿐인데

세상은 너무 대놓고 의욕적인 거 아닌가요?

끌리는 모음 속으로

몸을 던져 봐 티끌처럼 한데 모여 봐 타악기가 되어 배
를 두드려 봐 토씨가 되어 간에 붙었다 쓸개에 붙어 봐 터
널처럼 아가리를 벌려 봐 투정을 부려 봐 트집을 잡아 봐
태클을 걸어 봐 튜브처럼 뚱뚱해졌다 홀쭉해져 봐 테크닉
을 키워

끌리는 자음 속으로
뛰어올라 봐 팁이 되어 테이블을 빛내 봐 탑처럼 우뚝
솟아 봐 톨스토이처럼 참회했다가 부활해 봐 턴테이블처럼
회전해 봐 툰드라처럼 얼어붙어 봐 틀니처럼 잇몸에 붙었
다 달아나 봐 탬버린처럼 짤랑짤랑 웃어 봐 튤립처럼 고백
해 봐 텔레파시로 변신해

끌리는 모음 속으로
몸을 던져 봐 이를테면,

틈 밖으로

성난 입술

허윤진(문학평론가)

그대의 입술

그대의 얼굴은 위아래가 거꾸로 뒤집혀 있다. 눈이 달려 있어야 할 자리에는 입이, 입이 있어야 할 자리에는 눈이 달려 있다. 그대는 불편하지 않은가? 그대는 말한다. "나는 원래 입으로 보고 눈으로 말하고 싶었어."(오은, 「시인의 방」, 《현대시》 2004년 3월호) 그대는 나를 감싸고 있는 이 풍경을 입술로 만져서만 알 수 있다. 그대가 하고 싶은 말들은 망막에 여러 개의 상으로 매달려 있다. 남들과는 조금 다른 그대의 얼굴을 알아본 '당신'이 그대의 눈, 아니 그대의 입술에 입을 맞춘다. 그 찰나의 혁명이 준 힘을 빌려, 그대는 뒷골목의 더러운 웅덩이들을 또, 입으로 어루만질 것이다.

시시한 수퇘지들의 세상에서

그대의 목처럼 꺾여 버린 닭의 사지를 손질한다. 조각조각 난 살덩이들을 퍼즐처럼 맞추어도, 완성된 형태에서 경중경중 뛰어다니는 닭을 떠올리기란 쉽지 않다. 나는 얌전한 비린내를 풍기는 이 식재료를 얻기 위해 카드 결제를 했을 뿐이다.

인간 무리의 중심이었던 원시 수렵꾼들의 뒤는 먹잇감을 '죽인다'는 본질적인 기능만을 담당하는 백정들이 이어받았다. 생명을 죽이는 자와 희생당한 생명 모두를 위무하는, 공동체 차원의 제의적 씻김은 점차 사라져 갔다. 그나마 백정들을 천시하고 그들을 제한적 구역에 머무르게 했던 시대만 해도 나았다. 백정들을 둘러싼 온갖 금기의 형식은 역설적으로 공동체가 여전히 죽임과 죽음을 경외하고 있다는 것을 방증하니 말이다.

도축장과 육가공 공장은 동물들의 피 묻은 사체를 깨끗한 제품으로 규격화한다. 육체에 드리워진 시간과 노화의 흔적을 보툴리누스균을 이용해 보톡스 주사 한 방에 마비시켜 버리는 시대에, 인간이 생명체의 유한성 앞에서 겸허해지기를 바라는 것은 헛된 희망인지도 모른다.

고대사회에서는 연장자들이 축제에서 사제 혹은 왕의 역할을 맡아 최고의 순간을 마지막으로 누리고, 자신의 계승자에게 지위와 힘을 넘겨준 후 화려하게 살해당하곤

했다. 끔찍하지만 비장한 신구 교대의 순간에는 현대인이 상상할 수 없는 아름다움이 있었을 것이다. 모두가 더 오래 살고 더 잘 살기 위해서 아득바득 기를 무릅쓰고 그래서 실패, 소멸, 죽음, 이런 단어들이 시들어 빠져 가는 와중에 노인들의 장엄한 침몰을 기대할 수는 없는 일이다.

자연에서든 사회에서든 개체가 성장하고 성숙하기 위해서는 응당 거쳐야 할 고난이 있게 마련이다. 실패, 작은 죽음처럼 보이는 단계들을 생략해 버리고 삶의 가능성을 높이고 규모를 늘리는 것이 옳다고 믿는 이들은 성장 촉진제와 항생제를 과신한다. 그들의 신화는 속이 생기다만 엉성한 조직의 딸기를 생산한다. 성장 촉진제의 신도들은 현세적인 성공과 부, 쾌락 따위를 신줏단지 모시듯 할 것이다.

한국 사회의 일직선적인 성장 지향성은 실패와 우회의 무한한 잠재력을 부정한다. ‘그들’이 자신들의 이익을 위해서 희생시키고 있는 신을 보라. 순결한 그의 죽음과 희생은 성공 지상주의자들에게는 초라한 실패로 받아들여졌을 것이다. 그러나 그의 죽음은 죽음의 가치를 아는 이들에게는 무한한 가능성과 희망의 약속이지 않은가.

안타깝게도 위선적인 장로(長老)들은 축제를 위해 제 몸을 내어놓을 생각을 하기보다는 자신들의 밥으로 삼을 젊은 제물을 찾고 있다. 자신들을 위해 변화를 외치고는 권력을 잡은 후에는 변화의 가능성을 원천 봉쇄해 버리는 동물들. 『동물농장』의 탐욕스러운 수퇘지들처럼. 시시한 수퇘지들의 세상에 던져진 아기 돼지가 한 마리 있다. 어쩌면 늑대보다도 더 무서운 늙은 돼지들 앞에.

「호텔 타셀(Hotel Tassel)의 돼지들」은 연장자가 하달하는 세대론적 규정이 아니라 연소자가 발표하는 사회 진단서의 첫 번째 장이다. 이 첫 장은 단순하지 않다. 화자는 세계를 노소(老少)의 두 패로 나누어 상대편은 그르고 내 편은 옳다고 주장하지 않는다. 노소를 막론하고 그들이 경계해야 할 공공의 적은 아마도 "사람들" 혹은 "인간"일 것이다. 공공의 적이 품은 음모는 "언제나 아르누보식"이다. 그들의 음모는 아르누보(Art Nouveau)라는 예술 사조의 성격을 지니고 있다는 말인가? 그들의 음모는 새로운(nouveau) 예술/기술(art)을 지향하거나 그것을 겨냥하는가? 아르누보 형식이 독일과 스페인에서 수용될 때 '새로운'이라는 뜻의 프랑스어 형용사 누보(nouveau)는 '젊은', '어린' 등의 뜻을 가진 형용사 'yugend'(독)/'joven'(서)으로 대체되기도 했다. 공격적인 느낌마저 드는 곡선미로 무장한 아르누보적인 스타일은 세기 전환기의 새로운 감수성에 부응했을 것이다.

화자를 포함한 비인칭적인 1인칭 복수 "우리"가 누구인지는 정확히 알 수 없다. 하지만 "우리"가 사람들의 아르누보적인 음모를 경계해야 하는 자들이며 "젊은 돼지들"과 심정적인 동의가 있는 자들이라는 것은 정황상 분명해 보인다. 이 암묵적인 공동체는 집단의 조언자 역할을 하는 화자까지 아우르는, 젊고 새로운 것을 착복하려는 음모에 몸이 상할지 모르는 젊은이들의 공동체이리라. 누군가 나를 죽이려 한다면 그를 죽임으로써 내가 살 수 있는 일이다. 젊은 돼지들이여, 무기를 들어라! 하고 외치자니 이 돼지들은 너무도 얌전해 보인다. 그러나 그들이 반항할 기회를 엿보지 않는 것도, 비슷한 열정과 목표를 가진 것들"끼리" 모여 내일을 꿈꾸지 않는 것도 아니다.

　행위나 상태의 주어가 누구인지 명료하지 않은 이 시의 첫 연은 여러모로 문제적이다. 특히 "젊은 돼지들은 침대 위를 뒹구는 마피아와 갱을 상상했습니다/ 소름이 돋았지요, 요즘엔 유기농 비료를 먹고 있는데 말입니다"(98쪽) 하고 말하는 마지막 두 행에서, 소름이 돋는 것을 감각하는 자는 누구인가? 그리고 우리는 대개 어떤 때 소름이 돋는가? 유기농 비료를 먹는 자들 역시 그 정체가 불분명하다. 토지의 생산력을 북돋우기 위한 '비료(肥料)'가 아니라 가축을 먹이는 '사료(飼料)'가 사용되었다면 행위의 주어를 젊은 돼지들로 쉽게 가정할 수 있었을 것이다. 또, 비인간적인 낙농업 방식에서 사료란 동물들을 살찌워(肥) 식육을 늘리는 역할을 하니 사료를 비료라고 바꿔 부를 수도 있겠다. 길이 나름대로 든 젊은 돼지들은 반항과 변혁의 의지 면에서 식물인간, 아니 식물돼지가 되었는지도 모른다. 그들은 비료로 목숨을 연명할 것이다. 그러나 정신적으로 이미 폐사한 살덩이들에게 유기농이 무슨 소용이 있겠는가!

어쩌면 "유기농 비료"라는 표현이야말로 그들을 기만하며 서서히 죽이고 있는 것은 아닌가? 생태계의 순환 원리를 존중하는 농법이라면 본질적으로 유기농이어야 한다. 현재의 유기농은 생태계에 근본적인 혼란을 가져오는 화학 농법이 낳은 온갖 부작용과 폐해에 대한 복고적 대안으로서 등장했다. 문제는 화학 농법으로 생산된 농산물과 유기농으로 생산된 농산물 사이에 위계가 성립된다는 사실이다. 화학 농법의 심각한 위험성에 많은 사람들이 눈을 뜨고 늦게나마 유기농으로 생산된 농산물들에 관심을 가지는 것은 긍정적인 현상이지만, 결국 생존을 위한 먹을거리의 문제에까지 자본과 계급의 문제가 노골적으로 끼어들게 된 것이다. 먹을거리를 화두로 한 환경 운동에서 현재의 젊은 세대에게 주어진 권리란, 고작 유기농 농산물을 선택해서 '소비'하는 간접적이고 소극적인 권리뿐인 것은 아닌가? 화학 농법, 유전자조작 농법 등에 대한 근본적인 문제 제기를 미처 해 보기도 전에 젊은 돼지들의 역할은 축소되어 버렸다.

먹이의 문제에서까지 제도적으로 길들여진 젊은 돼지들이 마피아와 갱을 상상하며 소름이 돋았다면, 이것은 그들이 난생처음 가져 보는 반항심 덕분에 짜릿한 쾌감 섞인 전율을 느껴서인지도 모른다. 혹은 생생한 날것의 죽음과 폭력에서 뚝 떨어져 있는 그들에게는 자신들의 세계를 위해 타인을 죽인다는 '구시대적인' 가치관이 두렵게 느껴졌을 수도 있다.

한편 늙은 돼지들은 어떻게 살고 있는가? 자신들이 아르누보적이지 않기에 더 이상 인간들의 표적이 되지 않을 것이라고 믿기 때문인지는 모르겠지만, 아이가 태어나 인간들의 수가 늘든 말든 그들은 잠이나 자고 있다. 낄낄대며 시답지 않은 농담이나 일삼는 모습은 한심하기 짝이 없다. 다행히 화자는 우리가 하고 싶은 말을 재치 있게 대신 해 준다. "너무 늙은 나머지 꿀꿀거리지 못하는 돼지들도 있어요/ 그들은 다만 낄낄거릴 따름이지요/ 늙는다는 것은 이렇게나 추하고 무서운 일이랍니다"(98쪽) 모음 하나가 바뀌었을 뿐인데('ㅜ' → 'ㅣ'), 돼지가 제 본분을 잃은 간사한 웃음을 웃게 되다니! 꿀돼지나 꿀꿀이처럼 귀여운 어감을 자아내는 단어들이 낄돼지나 낄낄이가 되었다고 생각해 보라. 과히 느낌이 좋지는 않다.

내가, 우리가, 낄낄대는 늙은 돼지들처럼 되지 않으리라는 확신이 있다면 그들을 그저 추하다고 경멸하고 말아 버릴 수도 있다. 그러나 시간은 흐르고, 젊은 돼지들은 언젠가 늙을 것이다. 그때 그들이 낄낄대지 말라는 보장이 있는가? 부조리한 체제를 인식하면서도 결국 그것에 안착하는 자들은 언제든 "낄낄"거릴 준비가 되어 있다.(황지우, 「새들도 세상을 뜨는구나」) 화자는 늙어 갈 젊은 돼지들을 떠올리면서 노추를 무서워한다.

아르누보 건축 양식의 대표적 예인 벨기에의 타셀 호텔 지붕 아래에서, 돼지들은 막연한 적들을 두려워하며 서서히 늙어 갈 것이다. 늙은이들은 늙은이들대로, 젊은이들은 젊은이들대로, 제각기 타락해 가고 있는 형편에 그들을 대별하고 분리하는 일은 쓸모가 없어 보인다. 그렇기에 이 시는 위협적인 힘이 지배하고 있는 세계의 지붕 아래에서 뜨뜻미지근하게 동거하고 있는 세대들의 공통 상황을 제목에 압축한다. 의심이 많은 시인은 '호텔 타셀의 시시한 늙은 돼지들'이라든가 '호텔 타셀의 얌전한 젊은 돼지들' 같은 제목을 쓸 수가 없다.

젊은이들이 연장자들을 제거하고 새로운 권력자들이 되어 자신들의 세대를 미화하기란 상대적으로 쉽다. 하지만 연장자들의 질서와 동시대의 질서를 동시에 의심하고 그것들과 결별하기는 어렵다. 제 세대의 젊은 정신을 팔아 금세 노후한 권력자가 되는 기회주의자들이 보기에, 천성적으로 어쩔 수 없는 회의론자들은 구제 불가능한 철부지들이요 훈계하고 싶은 대상일 것이다. 역사적인 감수성을 지니고 전 세대와 현 세대를 비판적으로 조망하는 오은의 시적 태도는, 모두들 약자를 밟고 올라서려 하는 끔찍한 경쟁 사회에서(「미필적 고의」), 유일하게 윤리적인 태도가 아닐까? 그는 어째서 어린 자들의 순진무구함을 순진하게 믿지 않는가? 「세대 차이」는 이 회의론자의 탄생 배경을 보여 준다.

세대를 구별하는 기준은 무엇인가? 적어도 1980년대 말까지 한국 사회에서 특정 세대는 그들이 공유한 주요 역사적 계기와 그들의 집단적 대응을 중심으로 구분되었다. 1990년대에 들어서면서 등장한 신조어인 "신세대", "X세대" 등은 역사적 패러다임을 경제적 패러다임이 대체하는 상황에서, 기성 세대가 후속 세대를 역사적 관점으로는 규정할 수 없게 되었음을 보여 준다. 인터넷 세대를 뜻하는 "N세대" 이후로는 세대론에 있어서 공감할 만한 조어도 제대로 등장하지 않았다. 세대 내부의 소규모 집단을 지칭하는 온갖 '족(族)'들이 흥망성쇠를 누리는 사이에 말이다. 사회의 경제구조 전반을 지배하고 기득권을 누리고 있는 기성 세대들로 인해 비정규직에 머무를 수밖에 없는 20대를 일컫는 "88만 원 세대" 정도가 최근에 비교적 호응을 얻은 조어라고 할 수 있다.

기성 세대는 기성 세대대로, 후속 세대는 후속 세대대로 서로의 차별성을 주장함으로써 존재의 이유를 찾는다. 그들의 차별성은 시대정신의 차이에서 오는가? 「세대 차이」에서 세대의 차이는 당대의 문화적 상징의 차이에 가깝다. 비틀즈를 선호하는가, 라디오헤드를 선호하는가에 따라 세대가 갈리는 것이다. 화자에게는 연인과의 과거를 추억하는 서정적 자아(비틀즈의 노래)보다는 특별해지고 싶은 욕망에 사로잡힌 주체(라디오헤드의 노래)가 더 긍정적으로 다가오는 모양이다.

취향에 따른 세대 차이란 그 구분이 느슨하고 연약하여, 결국 세대 차이는 언제든 무의미해지고 무력해질 수 있다. 화자는 자신의 세대(라디오헤드 세대)를 절대 선으로 규정하지 않고, 오히려 제 세대의 전위란 이어폰이 만들어 낸 자폐적 세계 안에서나 가능한 소극적인 것임을 인정한다. 그가 품은 회의와 부정의 정신은 제 세대뿐만 아니라 모든 세대에 적용된다. 그의 시선으로 보면, 세계는 기성 세대의 '선'한 세계에서 후속 세대의 '악'한 세계로 타락해 가는 것이 아니다.(물론 기성 세대는 다르게 말할 것이다.) 과거가 현재보다 세기말적 퇴폐에 찌들지 않았으리라는 법이 있는가? 그는 세대 간의 유사성을 지적하기도 하고 과거 세대와 대과거 세대의 전위성을 비교하면서 고리타분해 보이는 대과거 세대가 과거 세대보다 더 전위적이었다는 사실을 확인시켜 주기도 한다. 세대 차이는 시간적 원근법의 소실점을 어디로 삼는가에 따라 의미와 속성이 달라진다.

그의 세대 차이론(論)은 한국의 현대 정치사와 그 파생물들에 대한 비판적인 의문점을 남긴다. 반공 이데올로기와 철권 정치에 기대고 있던 군부독재 치하에서 민주주의 정신을 위해 항거했던 세대는 어느새 사회의 기득권을 가진 기성 세대가 되었다. 그들의 후속 세대는 사회주의 이데올로기의 세례를 받았던 그들 역시 후기 자본주의 사회 조직에 장애 없이 흡수되었다는 사실을 알기에, 역사적 대의를 외치는 자들을 무조건적으로 신뢰할 수가 없다. 거창한 사회변혁의 의지 대신 내가 공동체와 더불어 조금 나아지기를 바라는 소망 정도를 품을 수밖에 없다.

기성 세대의 입장에서든 후속 세대의 입장에서든 타인들을 밟고 내가 새로운 시대의 주인공으로 올라서려 하는 것은 그의 눈에 탐탁지 않다. 그는 단어들의 쌍을 지어, 각 세대가 공존하는 상황을 언어적으로 구조화한다. "불필요하거나 불가능", "몽타주와 아바타", "자장면과 피자" 같은 말 덩이들이 떠다닌다. 동일한 음운들('ㅂ'/ 'ㅌ', 'ㅏ'/ 'ㅈ', 'ㅏ')이 양 어절에서 몇 군데 반복되면서 단어들의 유사성과 차이가 고스란히 드러난다. "양쪽"이나 "동시"는 의미론적으로 이런 쌍들을 지지한다.

그의 세대는 자장면과 피자를 함께 먹는 세대다. 자장면과 피자는 무척 다르게 보이지만 자장면은 중국의 작장면(炸醬麵)을 한국식으로 변형한 혼종적(?) 음식이다. 피자 역시 이탈리아 음식이지만 미국에서 대중화되었고, 다양한 부재료를 이용한 한국식 피자가 인기를 끌고 있다. 어떤 문화적 산물이든 진공·멸균 상태에서 단일 성분으로만 제조된 것은 없다. 그래서 한 시대의 문화도, 문화의 공통 경험으로 묶인 한 세대도, 그 세대의 가치관과 정신도, 상대 항과의 순수 차이로만 구성되기란 불가능하다. 차이와 새로움을 팔아먹기 위해 시대를 막론한 '인간 문제'를 은폐하는 자는 누구인가? 돼지들의 세계에서라면 "사람들"일 것이고, 「세대 차이」에서라면 익명의 2인칭 단수 "당신"일 것이다. 당신이 정부인지, 언론인지, 검찰인지, 나인지, 너인지 알 수는 없다. 어쨌든 이 '당신'이 우리가 미혹할 만한 권력적 위치에 있는 것은 확실해 보인다.

지시 대상이 불분명한 '당신'은 세속적인 영광과 권력에서 멀어 보이는 패배자로 옷을 갈아입기도 한다. 「당신에 관하여」에서 서술되는 '당신'의 생애는 형용사 '없다' 하나로 요약될 수 있다. 시인은 '없다'를 빈번하게 사용하면서 의미상 어떤 대상이 결핍된 상태를 가리키는 형용사(아프다, 고프다)와 동사(헐벗다, 굶주리다 등)를 굴비 두름 엮듯이 죽 늘어놓는다. 의미의 리듬과 구문의 리듬이 중첩되어 시 전체는 음악적인 긴장감을 얻는다.

지지리 운도 복도 없는 '당신'의 이야기에서 '당신'의 결핍감이 아예 충족되지 않는 것은 아니다. '얻다', '먹다'처럼 어떤 대상의 획득을 나타내는 동사들도 사용된다. 문제는 '당신'이 얻고 먹는, 얻어먹는 것이라고는, 비듬이나 욕처럼 아무도 원하지 않고 쓸모도 없는 것들뿐이라는 점이다. 그/녀는 소유한 것이 없으니, 배가 고플 때는 타인의 것을 훔치는 길밖에 없다. 장 발장도 되지 못하는 그는 훔쳐 먹은 빵과 우유조차 토해 내면서 정말 없어도 너무 없는 빈털터리 신세로 이야기를 마감한

다. 그/녀의 이야기가 슬픈가? 시인은 이미 이야기 중간
에 눈물샘조차 없어서 울래야 울 수도 없는, 지독히도 불
쌍한 '당신'의 처지를 알려 준 바 있다.

시인은 '나'나 '그'의 이야기 대신 '당신'의 이야기를
하여 궁상맞고 지루한 넋두리/흉을 피하고, 대신 시인의
심정적인 2인칭인 독자들을 적빈(赤貧)한 공동체의 일원
으로 포섭한다.

인간 사회의 모든 갈등은 결국 인간이 생명체로서 먹고
살아야겠다는 생물학적 본능과, 그러면서도 남보다 더 많
이 먹고, 잘 먹고 싶다는 사회적 욕망에서 비롯된 것이 아
닐까? 인간 부류를 최대로 단순화하면 굶주린 인간과 배
부른 인간, 두 가지로 나뉠지도 모르겠다. 「당신에 관하
여」와 빈자 옆의 부자처럼 쌍을 이루는 시는 「식충이들」
이다. 「당신에 관하여」가 '없다'를 모티프로 하여 반복된
다면 「식충이들」은 '먹다'를 모티프로 하여 반복된다.

먹는 행위는 눈앞에 존재하는 대상을 내 몸 안에 저장
하여 그것을 내 세포와 혈액의 일부로 만드는 일이다. 이
시는 '먹다'의 대표적인 의미(음식물을 섭취한다)를 이용
하면서 시작한다. 곧 시인은 '먹다'의 부수적·관용적 의
미를 활용한다. 여기에서 시인은 먹이가 되는 대상의 성
격에 따라 동일한 행위가 계급적인 차이를 띠게 되는 상
황을 교묘하게 만든다. "꿈"을 먹을 수 있는 계급과 "연
탄가스"를 먹게 되는 계급은 다를 수밖에 없다.

우리는 계급 격차가 존재한다는 현상 자체를 부정할 수는 없지만, 사회적 불평등이 심화되는 구조를 문제 삼을 수는 있다. 정치체제가 상상력을 억압하는 사회에서는 대개 정의가 무시되기 마련이고, 부패가 제도화된 국가들에서는 "검은돈"을 먹으면서 출세하는 이들이 허다하다. 나이를 '먹으면서' 영혼이 노쇠해 버린 자는 식욕을 넘어선 탐욕을 발휘한다. '먹다'라는 동사 하나를 이용해서, 누군가가 패기만만했던 젊은 시절과 추한 권력욕과 탐욕에 찌든 현재를 자연스럽게 대비해 보여 주는 시인의 언어적 경제력은 인상적이다.

왕년에는 식은 죽 먹기로 1등을 먹었었는데, 어떤 일이든 척척 거저먹었었는데, 식욕은 왕성해지는데 먹어도 먹어도 떨어지는 게 없다니! 독하게 마음먹고 회사의 공금을 좀 먹어 볼까? 콩밥도 먹고 나이도 먹고 그러다 운 좋게 한자리 해 먹으면 뇌물도 먹고 쓴소리에는 적당히 가는귀도 먹을 수 있을 것이다 그쯤 되면 직원들을 노예처럼 부려 먹고 배우자의 영혼도 야금야금 갉아먹을 테지

—「식충이들」에서

「식충이들」이 시시한 수퇘지의 낄낄거림으로만 끝났다면 시인이 지닌 회의론자로서의 장점은 그다지 부각되지 않았을 것이다. 제목이 암시하는 것처럼 식충이는 화

자 한 명에 그치지 않는다. 식충이들의 이 끈질긴 운명! 마지막에 갑작스럽게 호명되는 "당신"이 먹어 치워 버린 것은 "1,397바이트"이다. 자, 눈에 보이지 않는 정보량을 몇 개의 숫자로 소화하여 흡수할 수 있는 뉴미디어 돼지가 탄생했다. 자신의 추한 식욕을 가감 없이 토설하던 화자는 "당신"을 시 속으로 불러들이면서 한편으로는 식욕의 보편성을, 다른 한편으로는 먹이의 세대적 차이를 보여 준다. 「식충이들」에서 읽을 수 있었던, 시인의 시대 인식과 언어유희에 대해 아직 할 이야기가 남았다. 바짝 마른 입술을 좀 축여야겠다.

0.1호 디지털 레드

휴, 아직 다행히 식충이들에게 잡아먹히지 않고 꿀꿀거리고 있는 아기 돼지에게 묻는다. 그나저나, 네가 바른 립스틱 색깔은 뭐니? 이건 0.1호 디지털 레드예요. 디지털 레드, 너에게 어울리는 색깔이다.

Red. 한국어에는 색상에 관한 어휘가 풍부하다고들 한다. 붉은색에 관한 어휘 역시 예외가 아니다. 붉은 색조를 지시하는 다양한 어휘 중에서 특히 빨간색은 사회적으로 금기시되는 단어다. 빨간색이라면 학을 떼는 사람들이 많기도 하다. 좌우 이데올로기 진영의 대립이 낳은 트라우마 때문일 것이다. 물론 집단적 트라우마를 교묘하게 이용하는 대중 선동꾼들이 많기도 하다. 빨간색을 둘러싼 담론을 이용하는 자들은 역설적이게도 한국 사회의 곳곳에 붉은 피를 뿌려 댔다.

빨간색은 그들이 그토록 좋아하는 영어로 옮기자면 'red'이다. 오은의 「동물원에서」는 '레드'의 정체를 탐문한다. 끽연가라면 레드에서 담배 이름을 떠올릴 법하지만 그가 본 레드는 '말보로 레드'나 '레드 망고'의 수식어로서의 레드와는 다른 본질적인 어떤 덩어리다. 그것은 "사람 같은" 것이며, 짐승의 핏덩어리, 선지 덩어리에 가까운 어떤 것이다. 화자는 운동성 혹은 동물성을 지닌 레드를 "광화문에 뿌려진 하인즈 토마토케첩"이라고 정의한다. 이 구체적인 레드.

외래어와 음차 된 외국어가 나열되다가 '광화문'이라는 한국의 특정 장소가 등장할 때 한국어 지명은 한국어 시 속에서 무척 낯설게 보인다. 광화문은 유동 인구가 많은 곳이기도 하고 정부 기관 및 금융 기관, 유적 등이 많은 곳이기도 하다. 시민들이 의견을 표시하고 집단행동을 하는 광장이기도 하다. 그곳에 뿌려진 토마토케첩이 레드라면, 레드는 광장에서 공공연하게 흩뿌려진 대중의 피일 수 있다. 영화에서 토마토케첩을 흘리며 죽어 가는 사람들처럼, 레드를 흘리는 사람들.

시인이 빨간색 혐오자들의 눈을 속이기 위해 빨간색을

레드라고 불렀을 수도 있지만 아직 레드의 정체를 단정 짓기는 이르다. 「동물원에서」의 짝 「빨간」과 「모기를 잡는 연이」를 읽기 전까지는. 우리를 부자유스럽게 속박하는 비밀경찰들이 남성이기만 한 것은 아니다. 특히나 근대 가족제도에서 양육자로서의 여성, 어머니는 아이의 생사여탈권을 쥔 무소불위의 권력자가 될 수도 있다. 아이를 유기하고 심지어는 살해하는 '비정한' 모성의 얼굴이 사실은 모성 자체의 얼굴일 수 있다는 말이다.

두 편의 시에서 엄마는 아이가 빨간색을 누릴 권리를 감시하는 존재이다. 「빨간」에서는 토마토를 먹고 빨간 머리 앤을 만나려면 엄마의 눈을 피해야 한다. 「모기를 잡는 연이」에서 엄마는 연이를 벌레들에게서 보호하려 한다. 빨간 피/주스를 마실 줄 안다는 것은 아이의 입장에서 반드시 숨겨야만 하는 비밀이다. 엄마 몰래 주둥이를 늘여 모기를 죽이고 모기가 빤 피를 다시 빨아 먹는 연이의 변태 과정은 엄마의 다정한 어투와 연이의 천진한 어투가 번갈아 이어지는 동안, 섬뜩한 현실이 된다.

"실은 엄마, 사랑해요/ 새콤달콤 딸기 주스"(94쪽)라는 연이의 마지막 사랑 고백은 감시자를 피해 가는 효과적인 발화 전략을 보여 준다. 엄마의 입장에서는 "실은 엄마, 사랑해요"만 귀에 들릴 것이다. "새콤달콤 딸기 주스"는 "모기만 한 목소리"로 움츠러들기 때문이다. 연이는 자신의 욕망을 부정하지도, 사실에 대해 침묵하지도 않았다. 시인은 모기와 연이의 이미지를 병치하고 합체하다가 모기를 관용어적으로 활용하면서 언어, 지시체, 이미지를 다루는 신선한 발상법을 시도해 본다. 우리는 작지만 분명한 '말'소리로만 빨간색에 대한 금기를 위반할 수 있는 것이 아닐까.

빨간색에서 연상되는 사물들과 사람들을 엮어 빨간색에 관한 이야기를 만드는 시「빨간」은 일종의 수사학적 연좌제라고 할 만하다. 제목과 첫 행은 의미론적으로 이어진다. "빨간// 불이 켜지면 멈춰 서야 해, 이 나라의 규칙이야"(54쪽)로 말이다. 빨간 신호는 국가가 내리는 운동 정지 신호다. 국가는 빨간색을 입에 올리는 것을 금기시하면서 막상 사람들의 오고 감을 지휘하기 위해 빨간색을 사용하고 있다! 국가의 공민인 우리가 빨간색을 사용해서는 안 된다는 규칙은 어디에 있겠는가? 우선 국가의 규칙대로 보도에 멈춰 선 화자는 빨간색의 연상 작용에 몸을 맡긴 채 여느 때처럼 "레닌"을 떠올린다. 화자는 레닌을 생각하는 것이 "규칙은 아냐, 버릇이니까"라고 말하면서, 자신에게 이념은 형식이 아니라 체화된 습관임을 넌지시 알린다. 가로막힘에 가까웠던 정지 상태는 달력의 '빨간 날'과 결합되면서 노동을 중지한 휴식 상태로 탈바꿈한다.

정상/일탈의 위계가 잠시 뒤집힐 때, 가시와 손가락 중 어떤 것이 해를 가하고 어떤 것이 해를 입는가의 문제에 대한 해답도 오리무중에 빠진다. 장미 가시가 흘린 붉은 피는 노동을 재촉하는 "검은 눈의 사장"을 피해 "투우장"으로 흘러간다. "빨간 더플코트"를 입은 익명의 도발자와 (빨간 머리) 앤, 이들은 어느새 골칫덩이 경제사범/정치범이 되어 버린 것 같다. 절대 빈곤('없다')과 소유욕('먹다') 사이를 오가던 진자들은 노동, 휴식, 이념의 화두를 아우르는 "빨간" 눈금 위에서 흔들린다.

제도에 비판적인 자가 반드시 좌파인 법은 없다. 그러나 식민 통치와 개발독재, 냉전 시기를 거치면서 한국 사회에서 제도권을 비판하는 자들은 뭉뚱그려 빨갱이로 취급되었다. 그들의 단순한 논리를 따르자면 오은 역시 불만투성이의 '빨갱이'일 것이다. 예컨대, 그는 「스프링」에서 "스프링", "텀블링", "스카이" 등 음운상으로도 공통 분모를 가지고 있고 의미상으로도 연결 고리를 만들 수 있는 단어들을 엮어 과도한 경쟁이 벌어지고 있는 한국의 획일적인 교육을 비판한다. 개성을 인정해 주지 않는 줄 세우기 식의 교육에 찌들어 나만 더 높은 위치에 가면 된다는 것을 배운 아이들이 성장하면 과연 어떤 모습으로 살아가게 될까. 「고타분 씨가 이 시대를 사는 법」, 「순례자들」 등의 시편들은 「스프링」의 성인판이라고 할 수 있다. 자본과 소비 능력이 있다면 타인들의 존재를 이용할 수 있다는 서늘한 진실. 「스프링」에서 "스카이"에 닿은 아이들은 자라서 우리의 '짐승' 고타분 씨가 생산해 낸 미래의 자식들을 이용하고, 자본주의 체제의 눈치를 보며 스스로 욕망의 노예가 되어 소비의 신전인 백화점을 향해 행군할 것이다. 이때 대열에서 빠져나와 진실을 말하는 '불평분자'들은 처단의 본보기로서 신전에 진열되리라.(「순례자들」)

디지털 문명은 인간의 일상을 간접화·추상화한다. 모든 절차는 단순해지고 편리해진다. 소비의 의식도 예외는 아니다. 집을 한 채 구입한다고 해 보자. 보석이든 화폐든 수십, 수백 개의 상자에 담아 날라 판매자에게 값을 치러야 했던 때와 인터넷에서 클릭 한 번으로 대금을 치르는 때를 비교해 보라. 내가 가지고 있는 물질적 재화의 질감과 양감을 느낄 수 있는 상황이라면 그야말로 '금쪽같은' 내 재산을 쓴다는 실감이 날 것이다.

반면 내가 확인할 수 있는 것이 그저 화면 위의 숫자들뿐이라면 재화를 주고받을 때의 상실감이나 포만감을 느끼기 어렵다. 통신수단으로 치면 편지에서 전화, 이메일로 갈수록 육체의 흔적에서 점점 멀어지는 것과 같은 이치다. 내 손으로 펜을 쥐고 눌러쓴 글씨와 내가 컴퓨터 자판으로 입력한 기호, 양쪽의 느낌은 서로 같을 수가 없다. 오은은 이미, 숫자가 구체화될수록 인간관계는 추상화되는 디지털 사회의 속성을 간파한 바 있다.(「엘리베이터」)

스프레드시트 위에 빽빽이 들어찬 숫자, 이것만이 우리를
안심시킨다 180-70이나 36-24-35 같은 수치만이 우리의
긴장을 극에 달하게 한다 우리가 침을 삼키며 숫자를 거꾸로
세는 동안, 엘리베이터는 정확히 한 단계씩 상승, 상승, 상승
                                              ―「엘리베이터」에서

  시인은 사무 현장의 일과(시간)와 엘리베이터(공간)를
축으로 삼아 디지털 방식의 인간관계를 명쾌하게 요약한
다. 우리는 인간의 인격보다 그/녀의 수치화된 조건이 압
도적으로 중요한 사회 속에서 살고 있다. 새로운 사람을
만날 때 우리는 "그 사람은 성격이 어때?"라고 묻기보다
"그 사람은 키가 몇이야?"라고 묻는다. 음식을 먹을 때
도 우리에게 중요한 것은 재료의 질이나 고유한 풍미, 만
든 이의 정성보다는 음식의 가격이다. 매 순간 나와 타인
의 관계, 나의 가치와 타인의 가치를 숫자로 번역하는 피
곤한 삶! 우리가 특별하고 소중한 타인에게 가지는 신비
감은 사라지고 타인들은 모두 숫자를 매개로 한 상품이
된다. 사회가 디지털 방식을 따를수록 모든 것은 정확하
고 구체적이게 되지만 결국에는 모든 것이 똑같은 숫자
의 반복처럼 보이면서 특수성을 잃는다. 엘리베이터의 층
수를 표시하는 숫자들의 질서가 어그러지는 시의 후반부
는 인간의 행위와 가치는 결국 연산 불가능한 것임을 알
리는 붉은 경고등은 아닐까.

「어떤 날들이 있는 시절 1―ver. macrohard」와 「어떤 날들이 있는 시절 2―ver. microsoft」는 디지털 사회주의자가 어떤 인식의 틀 속에 있는지를 잘 보여 주는 연작 시다. 기준은 「어떤 날들이 있는 시절 2」일 것이다. 'macrohard'는 'microsoft'를 반의 관계로 번역한 단어로, 'microsoft'가 없었다면 파생되기 어려웠을 합성어다. 두 편의 시에서는 각각 거시 담론이 지배적인 시대와 그것의 사후(死後) 시대가 대비된다. 매크로하드 버전에는 흑백 갈등이 있고, 매카시즘의 광풍이 있고, 제2차 세계대전이 있고, 오월 광주도 있다. 파시스트들의 독선적인 목소리가 세계를 고통으로 몰고 가던 시절의 일들이다. 인간의 문명이 계속되는 한, 물론 잔인한 폭력배들은 계속해서 나타날 것이기에, 매크로하드 버전은 슬프고도 두렵다.

마이크로소프트 버전이라고 장밋빛 희망이 가득하지는 않다. 흑백 갈등은 "필름누아르(film noir)"와 "알비노(백색증 환자)" 같은 암시적인 단어들을 통해 여전히 세상에 그림자를 드리우고 있을 것이다. 매크로하드 시대의 흑백텔레비전은 가고 새 시대의 컬러텔레비전과 "작고 부드러운 창문(Microsoft Window)"이 도래했지만, 세계는 그사이에 진보하지도 않았고, 사람들은 정의를 꿈꿀 힘을 잃은 채 무기력해졌다. 시인의 시각을 따르자면 세계는 정체된 상태다.("아이들은 태어나지 않았고 늙은이들은 죽지 않았다 세계의 운동에너지가 기하급수적으로 감소하고 있었다", 61쪽) "펜은 칼보단 강했지만 쥐새끼의 민첩함을 따라잡기엔 역부족"인 시국이기도 하다. 「닫히지 않는 창문」에서처럼, 마이크로소프트 시대는 긍정적으로 말하자면 멀티태스킹의 시대이고 부정적으로 말하자면 분열증의 시대이다. 어쩌면 분열증적인 마이크로소프트 시대도 벌써 과거가 되었는지 모른다. 아이팟, 맥북 등을 앞세운 애플의 시대는 디지털 사회의 멀티태스킹 능력/분열증 문제를 더욱더 복잡하게 만드는 중이다. 여하튼 우리의 디지털 사회주의자는 시대가 바뀌어도 계속해서 삐딱한 시선을 거두지 않을 것이다.

오은이 사회적·경제적 상상력을 발휘할 때 그의 목소리가 확성기 구호의 목소리를 닮지 않았다는 사실에 나는 안도하며 기뻐한다. 혁명을 외쳤던 세대들이 결국에는 스스로 동상이 됨으로써 변절했다는 것을 우리는 잘 알고 있다. 여전히 어디에선가 혁명을 꿈꾸며 윤리적인 결단을 감행하고 있는 이들의 이름이 기려질 일도 아마 없을 것이다. 우리가 종이 위에서 도모할 수 있는 모반의 힘은 결국 언어의 쇄신에서 비롯되지 않겠는가. 단어들을 단순하게 사용하다가 그것들의 의미와 관계를 심화하고 새로운 언어적 상황을 만드는 오은의 작법은 독자로 하여금, 언어가 구성하는 사회적 조건과 가치들을 끊임없이 의심하고 질문하게끔 한다.

천금의 빚을 갚는 날

아기 돼지는 얼굴 대신 엉덩이를 씰룩거리며 시를 써 내려갔다. 그 녀석이 나에게 휙, 제 시를 던져 주고 갔을 때, 나는 외톨이인 녀석에게 친구들을 찾아 주고 싶은 마음이 들어 시가 가득한 어느 도서관을 방문했다. 외국어로 물었다. **언어적 혁명으로 사회적 부조리와 불평등에 저항한 젊은 시인들은 어떻게 찾을 수 있을까요?** 녀석의 친구들을 찾기 위한 내 질문은 내가 들어도 막연하고 광범위했다. 대개 시간의 시험을 통과하는 좋은 시인들은 그런 시인들일 테고, 그런 시인들을 거명하는 데 걸리는 시간은 시문학사(詩文學史)를 읊는 시간과 엇비슷할 테니 말이다. 한 유능한 사서는 명백한 억압이 있던 시대에 명백한 저항을 보여 준 시인들을 알려 주었다. 라틴아메리카, 팔레스타인, 아일랜드…… 그/녀들은 다양한 곳에서 살고 있었다. 자신의 무지를 강조하던 사서가 건네준 시집들에서 나는 아기 돼지의 친구들이 남겼을 법한 흔적을 군데군데 발견했다.(미국의 흑인 시인 아미리 바라카(Amiri Baraka(=LeRoi Jones))의 시집 『Wise, Why's, Y's』(1995)는 일독을 권한다.)

문화권 간의 교류가 더욱더 빈번해지는 상황에서 문화를 구성하는 언어 간의 충돌과 융합도 가속화되고 있다. 이런 상황에서 소위 '국어'의 순혈성을 주장하는 것은 어불성설이다. 나 자신을 객관화할 때 우리가 보다 성숙해지듯이, 내 정체성을 구성하는 언어를 외국어를 보는 시선으로 볼 때 우리는 언어의 또 다른 심층을 바라볼 수 있게 된다. 언어를 다루는 이가 자신에게 가장 익숙하고 편안한 언어인 모국어 외의 다른 언어들을 배우고 느끼고 견디는 일은 이런 객관화 과정에 큰 도움을 준다.

물론 내 뇌의 사고 체계를 이루고 있으며 무척이나 신속한 정보처리를 가능하게 하는 모국어를 잠시 옆으로 밀어 두는 데에는 어려움이 따른다. 내가 배우는 외국어의 모국어 화자인 어린아이보다도 내 사고가 느리다는 것을 느낄 때마다, 나에겐 편안한 언어로 도망쳐 버리고 싶은 유혹이 강하게 찾아온다. 「이상한 나라의 앨리스」에서 앨리스가 파리 여행을 통해 세계의 다양한 문화와 만나고 부딪치다가 결국 영영 잠에서 깨지 않게 된 데는 이유가 있는 것이다.

시인이 비둘기 모이 뿌리듯 시의 곳곳에 배치해 놓은 시 속 알파벳에서 이해 가능한 의미를 찾아보려고 해도 요령부득이다. 시인이 혹시 해독 불가능한 암호문을 작성해 놓은 것은 아닌지 여전히 의심이 가지만, 내가 가진 지식의 한계 내에서는 시 속 알파벳의 의미를 짐작하기 어렵다. 낯선 말, 낯선 목소리, 낯선 음식을 꾸역꾸역 먹어 치우는 이방인 앨리스는 자신이 섭취하는 것들을 '소화'할 수 없다. 그러니 그녀는 처음부터 끝까지 "만성소화불량증 환자"인 것이다.

한국어를 낯설게 만들려는 시인의 노력은 「This Hoffman」
이나 「제인」, 「한스」에서도 드러난다. 오은이 언어를 음
악처럼 다루는 유일한 시인은 아니지만, 최근의 한국 시
인들 중에서 음운의 유사성과 차이 자체를 시의 주제로
삼는 시인은 오은이다. 그는 「제인」과 「한스」에서 영어/
독어의 고유명사처럼 들리는 단어들이 한국어에 속할 수
는 없는지 묻는다. 그는 어떤 문화의 요소를 전형적인 것
으로 만들려는 우리의 고정관념에 맞선 채 한국어로 놀
고 한국어로 이야기를 만든다. '제인' 하면 미국의 여자
이름 'Jane'을 떠올리는 우리에게 한자어 '제인(臍靭)'을
만들어 보여 준다. '한스'는 또 어떤가? 시인에게 한스는
한심한 아이다. 말소리의 유사성에 귀를 기울이는 시인
은 「한스」에서 철자가 다른 동음이의어들인 "빛", "빗",
"빚"을 이용해 동화적인 이미지를 만들어 내기도 한다.

「말놀이 애드리브」는 시 전체가 언어 간의 경계를 쿡
쿡 건드리는 언어유희다. 시의 의미가 명료한지, 구문들
의 진행이 자연스러운지를 따질 필요는 없다. 이 시적 놀
이가 즐겁다면 우선 즐겨 보라. 이것이 왜 지금의 방식
으로 진행되고 있는지 알고 싶다면 놀이의 규약을 찾아
서 배워 보면 된다. 다행히 시인은 중고딕 서체로 규칙의
얼개를 파악하는 데 도움이 되는 단서를 주고 있다. 시를
지배하는 것은 이야기가 아니라 외국의 지명들이다.

시인이 지명을 배치할 때에 몇 가지 이용 규칙이 있다. 1) 우선 음성만을 사용할 것인가, 아니면 음성과 의미를 모두 사용할 것인가? 예를 들면 "모스크바"라는 단어를 보면 시인은 "모스크"의 음성을, "바"의 음성과 의미를 사용한다. 2) 의미의 내용은 지명과는 전혀 관계가 없는 단어들인 경우가 대부분인데 간혹 지명 자체로 활용되는 경우("델리")도 있다. 3) 지명과 관계없이 의미를 만드는 경우 시인은 영어 또는 한국어에 기댄다. 이때 의미를 가진 형태소는 영어 단어를 병기해 둔다.

누군가는 이 시를 애들의 말장난쯤으로 여길지도 모른다. 문제는 언어의 무의식을 탐구하는 시 장르는 언어가 우리의 사고를 지배하기 시작한 발생 지점을 향해 간다는 점이다. 그러니까 시를 쓰기 위해서는 언어의 배아기로 돌아갈 수밖에 없다는 말이다. 모국어의 절대성이 없는 시절로. 오은의 즉흥적인 말놀이는 모국어와 외국어의 유전자를 조작한다. 이 괴물을 이해하기 위해서는 우리가 언어라고 생각하는 것의 '바깥'을 응시해야 한다.

외국어 학습에서 특히 숙달하기 어려운 부분은 관용어다. 비모국어 화자들은 관용어구를 이루고 있는 형태소들을 자신이 아닌 단어들의 조합으로 해체한 후, 각 단어의 외연적 의미를 외연적·축자적으로 이해하는 경향이 있다. 반면 모국어 화자는 관용어구를 이루는 형태소들의 의미를 분석하지 않고도 관용어구를 맥락에 맞게 자연스러운 방식으로 쓸 수 있다. 모국어 화자들이 무의식적으로 사용하는 관용어를 잘 분석해 보면 특정 언어의 가치 체계까지도 구성해 낼 수 있다. 시인의 동물적 본능은, 시인에게 주어진 언어를 물고 흔들어 뜯어서 그것의 피부 아래 숨겨진 신선하고 맛 좋은 내장을 먹어 치우라는 명령을 내린다. 오은은 시인으로서의 본능을 충실히 따르고 있다.

시론(詩論)에 관한 입문서 격의 책들을 읽다 보면 "죽은 비유"를 쓰는 것을 경계하라고 말한다. 장인(匠人)의 격을 갖춘 정원사라면 시들시들 죽어 가는 식물을 그저 내버려 두고 새 묘목을 갖다 심기보다는, 죽어 가는 식물의 상태를 파악하고 그것을 살리는 쪽을 선택할 것이다. 「환절기 ― 관용구로 구성된 어떤 말놀이」, 「어떤 날들이 있는 시절 3 ― 속담으로 구성된 어떤 말놀이」, 「변신」 등의 시편들을 읽어 보면 오은이 언어의 신참 정원사로서 충분한 감각을 지녔음을 알 수 있다.

「환절기 ― 관용구로 구성된 어떤 말놀이」와 「어떤 날들이 있는 시절 3 ― 속담으로 구성된 어떤 말놀이」는 작시(作詩) 원리가 유사하다. 「환절기」와 「어떤 날들이 있는 시절 3」은 한국어의 익숙한 비유들로 시적인 형식을 만든다. 「환절기」에서 시인은 우리가 어떤 의미를 전달하기 위해서 대개 부가적으로 사용하곤 하는 관용구들을 늘어놓는 것만으로 하나의 이야기를 만들 수 있는지를 실험한다. 관용구는 원래의 사용법대로 비유적으로 사용되는데, 이따금 축자적으로도 사용된다. 예컨대, 간에 관한 구문들은 비유적인 의미를 염두에 두면서 문자 그대로 이해해 보는 편이 전체 이야기의 진행상 자연스럽다.

「환절기」는 두 남녀가 만나고 헤어지는 이야기라고 요약해도 좋다. "여자가 남자의 간을 녹일 때마다 남자의 간은 점점 콩알만 해졌"다. "급기야 여자는 남자의 간을 빼 먹었지만 정작 자신의 간에 기별은 가지 않았"다. 나중에 남자는 "큰맘 먹고 가슴에 칼을 품었지만 간이 떨어져 나가 무도 베지 못"한다. 남자를 떠나 새로 터를 잡은 후 "간이 이미 부을 대로 부어서 여자는 거짓말을 밥 먹듯 할 수 있었"다.

'간을 녹이다'라는 표현은 '애교로 매혹하다'라는 뜻으로 이해되지만 이 시에서는 간의 부피를 줄인다는 뜻으로 보는 편이 좋겠다. '간을 빼 먹다'라는 표현도 역시 문자 그대로 해석해야 한다. 그래야 "간이 떨어져 나"갔다는 문장이 재미있어진다. 한편 여자는 간의 크기가 커지는 쪽이다. 그녀는 남자의 간을 이미 빼 먹은 바 있다.(여기에서 우리는 구미호의 이미지를 연상할 수도 있다.) 동사 '먹다'가 외부의 음식물을 몸 안으로 들여보낸다는 뜻을 가지고 있으니, 여자는 남자의 간을 몸 안에 넣은 상태라고 볼 수 있다. 그녀는 몸에 간이 두 개인 상태다. 이 상황에서 우리는 인지적인 추론을 거쳐 간이 (두 배로) 부풀어 오른 상태를 연상할 수 있다.

비유적인 언어를 사용한 말놀이는 「어떤 날들이 있는 시절 3」에서 더 정교해진다. 시인은 잘 알려진 속담 두세 가지를 한 문장 안에 섞어서, 우리가 익숙하게 알고 있는 비유적 상황을 우스꽝스럽게 만든다. 그렇다고 시인이 속담을 아무렇게나 섞는다는 말은 아니다.

먼저 그는 두 개의 속담에 공통된 단어나 상황이 있는 경우에 그 속담들을 섞어 문장을 만든다. 대상과 상황의 동일성/유사성을 활용하는 작법이다. "고양이 목에 방울 달기"와 "얌전한 고양이가 부뚜막에 먼저 오른다"라는 속담이 만난 결과가 "어떤 날엔 얌전한 고양이가 스스로 방울을 달고 부뚜막에 오르는 모습이 목격되었다"라는 문장이다. "개밥 속 숨겨진 도토리를 찾으면 서당에 살지 않아도 풍월을 읊을 수 있었다"에서는 '개'가, "바늘을 훔쳐 담을 넘다가 소도둑이 된 구렁이만 만났다"에서는 '도둑'이, 두 가지의 속담을 합쳐 새로운 문장을 만들 수 있게 해 주는 중심점 역할을 한다.

또 다른 작법 역시 동일성/유사성의 원리에 기대어 있지만 속담을 활용하는 방식은 다르게 나타난다. 이 경우 시인은 은유에서 사용되는 보조관념을 지시하기 위해 원관념을 사용한다. 이때 원관념과 보조관념 사이의 위계는 전도된다. 이런 방식은 새로운 비유를 만들어 내고 새로운 구문을 찾아서 언어를 낯설게 만드는 대신 익숙한 비유를 새롭게 사용해서 언어를 낯설게 만든다.

예컨대 "반말을 하다가 걸리면 어김없이 목구멍에 끌려가 서 말의 구슬을 꿰는 벌을 받았다"라는 문장을 보자. 여기에서 '목구멍'이라는 단어가 왜 사용되었는지 처음에는 의문이 든다. '목구멍'이 규범을 위반하면 압송되어 처벌을 받는 공간이라는 상황을 통해서 독자는 온갖 교화 기관을 떠올려 볼 수 있다. 이때 "목구멍이 포도청(捕盜廳)"이라는 속담이 떠오르면 자연스럽게 '목구멍＝포도청'의 등식을 연상하게 된다. 은유의 원관념이 상징의 보조관념처럼 기능하게 되어 독자는 결국 '목구멍'에서 다양한 개념을 상상하게 된다.

이미 주어진 관습을 불편해하고 회의하는 시인이 언어를 아무 의심 없이 순진하게 받아들일 리가 있겠는가? 언어기호와 그것이 지시하는 대상의 관계를 문맥을 따져 가정하는 것이 얼마나 불완전한지를 유쾌하게 실험하는 시가 「변신」이다. 정황상 시 속에 등장하는 중심인물은 세 명(안과 의사, 간호사, 환자)으로 보인다. 한 인물을 지시하는 호칭에는 여러 가지가 있다. 이 시에서 환자는 "손님", "선생님", "양반" 등으로, 간호사는 "경희 씨", "아가씨", "간호사" 등으로 불린다. 시인은 각각의 호칭을 하나의 개인으로 다룬다. 그래서 시는 여러 배우들이 정신없이 등장하고 퇴장하는 한 편의 연극처럼 보인다. 가족 내의 호칭인 "여보와 아빠"도 마치 연극의 역할처럼 보인다.

이름이 바뀌면 몸이 바뀐다는 언어적 변신! 이 시는 독자들로 하여금 언어와 대상의 문제를 탐구한 여러 시인들을 연상하게 하면서도 시인만의 시적 발상을 잘 보여 준다. 시인은 자신이 그토록 원하는 "스타일"을 찾을 준비가 되었고 찾고 있는 듯 보인다. 그가 폐와 성대와 입을 거쳐서 나오는 그것, 바로 언어에 몸을 밀착하고 있는 한 말이다.

멀어 버린 눈

사실 그의 감각이 입술 중심적으로 바뀐 것은 연인을 만난 후부터다. 시인으로서 시간과 공간을 꿰뚫는 천리안을 가져도 모자란 판국에, 그는 눈이 멀어 버렸다. 그는 연인의 모습에 할 말을 잃었다가, 그녀의 모습이 눈부셔 눈을 뜰 수가 없었다. 그러니 입술에 의지해 그녀를 느끼고 뜨거운 입술로 그녀를 상찬하는 수밖에.

(첫)사랑에 빠진 자의 감각적 경험을 표현하는 무수한 시들 중에서도 「연인」은 빛바래지 않을 것이다. 「연인」에서는 연마다 화자가 각각 다르게 나타난다. 첫 번째 연의 화자는 익명적인 관찰자의 입장에서, 알루미늄 가루를 들이마시는 "그"에게 초점을 맞춘다. 두 번째 연의 화자는

"그이"를 피해 다니면서도 기다리는 1인칭 화자다. 세 번째 연의 화자는 "그녀"를 만나는 1인칭 화자다. "그이"라는 인칭대명사가 반드시 남성만을 지칭하는 것은 아니지만, 여성들이 남편을 남들에게 가리킬 때 자주 사용되는 단어인 것은 확실하다. 두 1인칭 화자 사이에는 친근한 관계가 있어 보인다. 우리는 시인이 언어와 지시 대상의 관습적인 관계에 물음을 던지는 것을 이미 본 터라, 섣부른 추측을 하기가 조심스럽다. 우선 화자들의 말을 각각 인용해 보자.

그이는 항상 문 앞에서 열쇠를 찰랑거리는 버릇이 있어 시간은 충분할 거예요 아뿔싸, 그이가 창문을 열고 집 안으로 들어옵니다

—「연인」 2연에서

주머니에서 알루미늄 열쇠를 꺼내 배꼽에 집어넣었어요 몸 구석구석에 있는 빗장들이 힘없이 풀리는 소리가 들렸습니다 그녀와 이 현장을 나누고 싶었습니다 황급히 담을 넘고 창문을 열어 집 안으로 들어갔습니다

—「연인」 3연에서

열쇠를 가지고 다니는 남자가 창문을 열고 집 안으로 들어온다/간다는 상황이 두 연에서 유사하게 나타난다.

그러니 두 명의 화자들이 각각 만나고 있는 연인이 사실은 상대방일 가능성은 매우 높다. 1연에 등장했던 "그"는 3연의 "나"인가? 단서가 되는 것은 바로 은빛의 알루미늄 가루다.

미세한 빛의 입자와 알루미늄 가루는 그 경계를 구분할 수 없을 듯 뒤섞여 있다. 그는 빛을 마시듯 금속 가루를 마신다. 사실 금속 가루는 그의 눈동자에서 터지는 "소리 없는 폭죽"을 예비하는 단어다. 물질이 산소와 결합하거나 수소를 잃는 반응이 산화(酸化)인데, 금속의 연소나 폭발은 격렬한 산화의 대표적인 예다. 타인과 몸의 기관이 연결된 기분으로 눈에서 폭죽을 터뜨리는 그는, 아마도 사랑에 빠진 자일 것이다. 곧 탄생할 연인들에게 미리 축하를. 재미있는 것은 알루미늄이 상온에서는 산화하지 않는 물질이라는 점이다. 그의 폭발적인 정념에는 녹이 슬지 않을 것이라는 강한 믿음이 다른 금속도 아닌 알루미늄을 끌어온 것일까?

2연의 주인공은 "그"와 숨바꼭질 놀이라도 벌이는 모양이다. 그/녀는 지금 집 안에 머무르고 있으며 그가 곧 자신의 공간 안으로 들어올 것을 안다. 그/녀는 그를 따돌리고 피신하는 중이다. 그/녀가 이 숨바꼭질의 규칙을 잘 알고 있으며 술래인 그의 행동 패턴을 역시 잘 알고 있는 것으로 보아, 지금 그들의 놀이는 처음이 아니다. 그/녀의 공간에 그가 성공적으로 들어온 덕분에, 그/녀가 그것을 알고도 눈감은 덕분에, 그들의 관계는 공적으로 알려진〔公認〕 관계가 된다.

몸이 연결된 것처럼 느껴지는 상대를 만나 놀라운 환상을 보게 된, 3연의 "나"는 이미 눈이 멀어 버려서인지 모든 세상을 촉각적으로 경험한다. 빛이 짜여 있다고 느끼고, 빛의 가닥이 자신을 휘감는다고 느끼는 것만 보아도 그렇다. 그는 사랑의 유체역학에 몸을 맡긴다. 눈을 멀게 한 빛/금속 가루들이 그사이 그의 몸에 얼마나 축적되었는지, 그는 그새 열쇠를 갖게 되었다. 1연의 "그"와 3연의 "나"가 하나의 존재로 합체되는 순간이다. 그는 금속으로 만들 수 있는 수많은 것들 중에서 왜 열쇠를 갖게 되었을까? 2연의 그/녀는 모른다. 그가 그녀의 공간을 열기 전에 먼저 자신의 몸을 열었음을. 사랑에 빠진다는 것은 보잘것없는 나를 그/녀에게 열어 보이는 것인가 보다. 그러니 그가 자신을 가두었던 빗장이 풀리는 경험을 그녀와 나누고 싶은 것은 당연하다. 그녀와 그는 또 눈이 마주쳤으니, 폭죽이 터지고 열쇠가 생기고 몸이 열리는 연쇄적인 두근거림은 당분간 계속될 것이다. 그녀 역시 은빛 가루를 들이마셨을 것이다.

그렇게 열쇠를 가진 사람들이 만나 키스를 나눈다. 역시나 키스도 사람들을 눈부시게 만든다. 사랑의 화학반응으로 생겨나는 열쇠는 황금 열쇠도 백금 열쇠도 아니어서, 마음을 열 자세가 된 사람이라면 누구나 얻을 수 있다. 사랑에 빠진 필부필부의 이름은 「키스」에서처럼, 갑이든 을이든 병이든 정이든 상관없다. 열쇠를 교환할 짝만 있다면야. 단, 조건은 있다. 굳게 닫혀 있던 그/녀의 자물쇠를 열 수 있는 열쇠를 또 다른 그/녀가 가지고 있어야 한다. 그렇게 운이 좋은 상황이 찾아오면 열쇠를 닮은 혀들이 얽히고설킨다. 시인이 키스를 대하는 태도는 무척이나 진지하고 학구적이다. 우리는 미지의 대상을 만났을 때, 그것에 대해 알고 싶다는 욕구로 그것을 연구한다. 시인은 사랑과 관계에 대해 겸손한 입장을 취한다.

낭만적인 감정을 배제한 그의 서술적 시선은 흡사 입체파 화가들이 형상을 미적분하는 시선과 같다. 키스의 시작을 알리는 공지를 보라. "마찰력과 만유인력과 불가항력의/ 삼자대면이 시작되었다". 이 문장은 키스의 끝을 표현하는 문장과 대구를 이룬다. "화학과 물리학과 생리학 수업을 마치는 종이/ 부끄럽게 울렸다". 화자의 시종일관 진지한 어조와 문장들은 키스에 대한 경외감을 드러내는 데 성공적이다. 그는 갑과 을의 예를 들어 알 수 없는 키스의 신비를 과학적인 술어로 설명하려 애쓴 뒤, 병과 정의 첫 키스를 '미학 입문'으로 표현한다. 결국 특별한 타인과의 만남은 나보다 더 아름다운 존재가 있다는 것을 확인하는 일이 아니겠는가.

안타깝게도, 시간의 힘은 너무도 강해서, 찰나의 날카롭고 강렬했던 추억 따위는 결국에 녹슬게 만들 정도의

위력이 있다. 관계의 끝은 언젠가 죽음의 모습으로 우리 모두를 찾아오게 되어 있다. 「탄성한계점」과 「0.5」의 화자들은 사랑이 사신(死神)의 옷자락 속에 안기는 과정을 지켜보고 있다. 이 시들은 시인이 사랑의 절대성을 순수하게 믿고 뼈아프게 좌절했던 시절의 기록이다. 이름을 부르는 것조차 떨리던 최초의 순간들은 이내 빛이 바래고 의미도 무게도 가벼운 수사들만 점점 늘어난다. 관계의 탄성이 작용해 모든 것이 영점으로 돌아가든, 탄성의 한계를 넘어 관계의 끈이 끊어지든, 관계의 죽음은 유쾌하지 않다.(「탄성한계점」)

사랑에 빠진 사람에게 상대방은 자신의 전부이다. 그/녀는 엄마에게 안긴 아이의 마음이 되어, 엄마-연인이 가는 곳이라면 어디든 따라가려고 한다. 「0.5」의 "나"도 숫자 0.5가 해당될 수 있는 것은 어떤 것이든 되려 했다. "당신"을 영원히 동반할 수 있는 당신의 "0.5"가 되기 위해서 말이다. 그의 순수함은 현실의 수압을 지탱하지 못하고 짓눌려 버린다. 당신의 0.5가 될 수 없는 이 0.5는 당신에게는 0이 되고 스스로에게는 1이 되고 또 누군가에게는 자신의 본질 그대로 0.5가 되기 위해, 또 다른 여정에 나선다. 디지털 레드 립스틱을 바른 그대는, 너무 많은 사람들에게 너무 많이 사용되어 진부해진 단어 '반쪽'을 사용하지 않는다. 그대답게, 냉정한 숫자들로 열정을 감춘다.

피 흐르는 입

그런 그대도 "아픔"(「글러브」)이라는 단어를 쓰기를 주저하지 않았다. 회의에 잠식당한 영혼을 짐처럼 떠메고 가는 인생에는, 괴로운 고민이 직구로, 변화구로, 계속해서 날아든다. 그대는 타자로서 그런 고민들을 저 멀리로 날려 버리는 데 실패했다. 타인들을 제물로 삼고도 해결될 기미가 보이지 않는 세상의 고통 앞에서 그대는 어떤 행동을 하겠는가?

우리를 번민하게 하는 관념과 이념 같은 것들을 그대는 이제 입으로 받아 문다. 그대에게는 세상의 시작도 끝도 모두 입의 소관이다. 연인의 입술에 몰입하던 순간의 황홀한 아름다움이 준 힘으로, 그대는 입이 피투성이가 될 때까지 이렇게 버티고 있다. 피 칠갑한 입으로 느낀 고통의 맛은 "쓸 것이다"(139쪽). 그리고 그대는, 그 쓴맛을 기억하는 성난 입술로, 계속해서 "쓸 것이다".

오은

1982년 전북 정읍에서 태어났다. 서울대 사회학과를 졸업하고
카이스트 문화기술대학원에서 석사 학위를 받았다. 2002년 《현대시》로 등단하였다.
지은 책으로 시집 『우리는 분위기를 사랑해』, 색과 그림을 다룬 책 『너랑 나랑 노랑』,
로봇과 서사를 다룬 책 『너는 시방 위험한 로봇이다』가 있다.
2014년, 제15회 박인환문학상을 수상했다. 현재 작란(作亂) 동인으로 활동 중이다.

호텔 타셀의 돼지들

1판 1쇄 펴냄 2009년 3월 3일
1판 10쇄 펴냄 2022년 4월 1일

지은이 · 오은
발행인 · 박근섭, 박상준
펴낸곳 · (주)민음사

출판 등록 1966. 5. 19. 제16-490호
서울특별시 강남구 도산대로1길 62(신사동)
강남출판문화센터 5층 (우편번호 06027)
대표전화 02-515-2000 / 팩시밀리 02-515-2007
www.minumsa.com

ⓒ 오은, 2009. Printed in Seoul, Korea
ISBN 978-89-374-0769-7 (03810)

❖이 책은 서울문화재단 문학 창작활성화 지원을 받아 발간되었습니다.
❖잘못 만들어진 책은 구입처에서 교환해 드립니다.